Ficções amazônicas

Aparecida Vilaça
Francisco Vilaça Gaspar

Ficções amazônicas

ilustrações
Paloma Ronai

todavia

À memória de Bia Albernaz, nossa poeta

Este livro, embora inspirado em conhecimentos antropológicos sobre os povos indígenas, é uma obra de ficção. Os eventos narrados, assim como os seus personagens, são fruto de nossa imaginação.

Utilizamos, aqui, o termo "indígena" tanto como substantivo quanto como adjetivo. Nossa escolha visa acompanhar a atual preferência dos povos originários, que consideram ofensivo o termo "índio", por resultar de um erro histórico dos invasores europeus. O leitor só encontrará, pois, o termo "índio" quando ele sair diretamente da boca de personagens cujo perfil tornaria muito improvável que utilizassem "indígena".

Cinco amigos e um funeral

Prólogo

Gente, gente, vamos nos organizar por um minuto! Marcos, larga esse fogo! A churrasqueira não vai sair correndo! Vamos nos juntar aqui pra foto. Isso, perto da mangueira. A luz tá linda! Que pôr do sol vamos ter hoje! Reparem, o sol aqui é mais vermelho. Marcos, você não tá aparecendo. Vai um pouco mais pra esquerda. Pronto, tá ótimo aí, não se mexa. Fernanda, você poderia se abaixar um pouquinho? Perfeito! Tião, fica aí no meio. Andreia e Sabrina, abram um espacinho pra mim entre vocês. Isso, muito bom. Eu vou colocar o timer e venho correndo. Agora, parados! Eu sei que tem mosquito, Sabrina, mas são só dez segundos. E essa foto vai durar pra sempre. Vamos! Um, dois e digam "Xebastião"!

Pedro

Bom, como eu posso falar para vocês do Tião? A gente se conhecia há tantos anos que acho difícil escolher um momento específico. É quase impossível falar dele sem falar da minha própria história. Nossas vidas se entremeiam, sabe, como uma espiral, uma dupla-hélice se preferirem, como o DNA. Exatamente. Essa foto aqui foi a última que tiramos juntos, estamos todos reunidos. Até uns cinco anos atrás a gente fazia isso todos os finais de ano. Alugávamos uma casa e ficávamos juntos. O número cresceu quando o pessoal foi se casando, tendo filhos. Foi aumentando, como uma família. Da última vez, a gente alugou uma casa no sul da Bahia pra trinta pessoas. Nem gosto de me lembrar daquela viagem.

Olha como são as coisas. Quando eu ia fazer o vestibular, tava muito indeciso, queria fazer psicologia ou arquitetura, e foi o próprio Tião que falou pra mim: "Porra, Pedro, um cara inteligente que nem você devia ser médico, fazer uma coisa boa pras pessoas. Vai ficar fazendo casa pra burguês ou tratando maluco cheio de dinheiro no banco?". Dez anos depois eu tava terminando a minha residência em cardiologia. Que ironia, pois foi justamente eu que tava lá do lado dele quando teve o primeiro infarto, logo na Bahia. Na hora, com um amigo caído ali no chão, a gente esquece que é médico, esquece tudo. Foi o Marcos que me sacudiu e disse: "Bicho, tu é doutor, faz alguma coisa!". Aí eu tomei prumo, fiz a minha anamnese e vi que ele tava infartando. Botamos ele no carro e quase não deu tempo de chegar ao hospital. Ele entrou de maca na emergência, foram logo intubando, levando, ele ali inconsciente, meio azulado. Foi um pesadelo.

Depois desse incidente não viajamos mais. Ficou todo mundo abalado. Ele tão novo, da nossa idade, sabe? Todo mundo regulando pelos trinta e muitos, quarenta e poucos.

Se ficou ruim pra ele um lance de escada, então imagina carregar mala e essas coisas? Confesso que depois que ele saiu do hospital e se recuperou em casa eu não acompanhei a evolução da condição dele, posso dizer que por medo. Não te preparam pra essas coisas na faculdade, tratar do melhor amigo, de alguém perto de você. Indiquei pra ele os melhores cardiologistas que conhecia, que tinham sido meus professores. Ele chegou a fazer um transplante, aparentemente bem-sucedido. Quando a gente se via e eu perguntava pra ele como estavam as coisas, ele dizia que tava tudo bem, sempre animado. Eu achei ele muito pálido da última vez e com a respiração curta, o que me preocupou. Como não quis me meter no tratamento de meus colegas, fiquei calado.

Mas nada disso me preparou para a ligação dele há um mês. Ninguém tá preparado para receber uma notícia dessas, ele era um irmão pra mim. Gentil como sempre, esperou pra me ligar numa sexta à tarde, me deixando o final de semana para digerir a notícia com muito uísque, ele disse.

— Fala, Tião! E aí, cara?

— Tudo indo. E vocês? Como vão a Sabrina e os meninos?

— Tranquilo, quer dizer, com esses problemas de crianças. Rodrigo é muito brigão e ontem tomou uma suspensão na escola porque mordeu a orelha do amiguinho. Eles fazem um estardalhaço por qualquer coisa, como se morder não fosse coisa de criança.

— Até foi bom você ter tocado nesse assunto, porque quero falar de uma coisa meio delicada. Mas vou começar pelo começo. Cara, eu tô morrendo.

— Que isso? Como assim? Você não tava melhorando? É o coração?

— Sim, ele mesmo. Os remédios não tão mais fazendo efeito, amigo. Ando cansado demais, com falta de ar. Então decidi fazer uma última viagem e queria que vocês me acompanhassem, como as nossas viagens de antes. Seguinte: Pedro, você é meu irmão, então vou ser direto. Tenho uma proposta, que na verdade é um último pedido.

Epístola de João Fernandes

Como já lhe expliquei ao telefone, entendo a sua condição e o seu desejo, último ou póstumo, como você preferir, mas simplesmente ratificar isso no testamento não basta para garantirmos a execução, mesmo com as testemunhas, como é de praxe. A minha competência, como você sabe, restringe-se à área de direito de família e sucessões, de modo que nada sei sobre normas de disposição de cadáveres.

Procurei me informar o quanto pude, mas peço a você um pouco de paciência. Uma demanda dessa natureza não aparece todos os dias. Como advogado, estou tentando fazer o meu melhor. Conversei com alguns colegas no fórum e entendi que essa é uma área cinzenta, pois a lei não dispõe sobre o direito funerário no que diz respeito ao destino dos restos mortais. Isso, ao que parece, é competência dos municípios. O único artigo constitucional no qual poderíamos nos basear seria o artigo 5º, parágrafos 6º e 22, isso se considerarmos o corpo como propriedade individual e todo ritual funerário como um ato religioso.

A questão que as pessoas costumam me colocar em geral é um pouco diferente da sua, pois diz respeito à cremação, que exige, em alguns casos, a anuência prévia do futuro morto, de modo que alguns clientes pedem que eu insira esse item no testamento.

Acho que o passo seguinte seria encontrar um município disposto a acatar o seu desejo, ou passar os próximos quinze anos em tribunais defendendo a sua interpretação dos seus direitos. Mas até lá, pelo seu prognóstico, não vai haver muito de você. De todo modo, conversei com um velho amigo de faculdade, que mostrou interesse no seu caso, afirmando que gostaria de ajudá-lo, caso você deseje uma solução extrajudicial. Ele é um pouco peculiar, algo extravagante, mas um bom advogado e amigo, e, pelo que venho acompanhando, bastante competente na administração pública.

Espero sinceramente que você consiga resolver a sua questão, pois prometi aos seus pais, a quem eu muito respeitava, que cuidaria de você como fiz com eles, embora devo dizer que não estou seguro de que estariam de acordo com o seu peculiar pedido.

Epístola de Cristóvão

Fiquei muito interessado em conhecer melhor o seu caso, que me foi relatado pelo nosso amigo em comum, João Fernandes. Agradeço o seu interesse em meu bem-estar e em minha carreira. A vida aqui no interior, em uma cidadezinha perdida no Norte, não é tão tranquila como se imagina aí no Sudeste. Passo quase todo o meu tempo tentando apagar incêndios, figurativa e literalmente. Sobretudo agora, quando o vice-prefeito e o presidente da Câmara foram presos por formação de quadrilha, tráfico internacional e por terem sido os mandantes do assassinato do prefeito. Encontro-me interinamente na posição do falecido, por ser o vice-presidente da Câmara. Tenho a convicção de que posso fazer alguma coisa por essa cidade, mesmo que isso reduza dramaticamente as minhas chances de ser reeleito para o cargo que ocupava. De qualquer forma, cinco mandatos são suficientes. Quero concluir esse breve período implementando na prefeitura a liberdade religiosa e o estado laico. Caso você não saiba, essas ideias aqui em Deolinda soam como sacrilégio e blasfêmia. Para você ter ideia, soube outro dia que o meu secretário recoloca furtivamente os crucifixos nas paredes da prefeitura cada vez que eu saio de lá. Um mundo em que todas as crenças e religiões sejam tratadas com respeito é o meu grande projeto pessoal, desde que recebi essa incumbência da minha mãe de santo.

Isso dito, me interessei muito pela sua demanda, que entendo como uma solicitação de âmbito religioso. Não há nada nas leis municipais que impeça a realização de seu último desejo, e estou disposto a permitir que ele se efetive em nosso município, caso esteja de acordo. Mesmo com certo nível de amparo legal, entretanto, vou pedir a você e seus amigos que façam o seu ritual sagrado com discrição, em um sítio de minha propriedade a cerca de trinta quilômetros do centro do município, às margens de um belo rio e ao lado da exuberante floresta da terra indígena vizinha. Provavelmente, uma das últimas áreas de mata virgem da cidade, como mostram os satélites, isso se as imagens não tiverem sido adulteradas, como costuma dizer o nosso governador, por aqueles "abraçadores de árvores" do Inpe.

Fernanda

Eu teria sido a primeira a chegar ao aeroporto de Congonhas, se não fosse, é claro, o engarrafamento monstro na avenida dos Bandeirantes. Era uma quinta, e na outra terça ia ser feriado; todo mundo tava saindo da cidade. Mesmo com a previsão de chuva para todo o estado, qualquer lugar com tempestade é melhor que São Paulo com uma garoa. Não sei exatamente por que escolhemos aquela data, acho que o Pedro e a Sabrina aproveitaram o feriado para emendar com as férias, algo assim. Pra mim não importava, preferia que fosse em uma segunda, aquilo era uma missão, não uma viagem de lazer. Saí bem cedo de casa, não gosto de chegar atrasada nem pra fila de banco. Sou assim, né? Quando vou na casa do Pedro, ele costuma marcar comigo uma hora depois de todo mundo, e mesmo assim eu sou a primeira a chegar. Pois é, demorei duas horas e meia até o aeroporto. Fiquei escutando o rádio junto com o taxista, parece que teve um acidente terrível, uma motociclista morreu, um caminhão virou, mais de quinze carros engavetados. O ridículo é que tudo isso foi no outro sentido, o da marginal. O nosso engarrafamento era causado pelos curiosos dirigindo bem devagar, na esperança de compreender a tragédia ou de ver um pedaço de alguém jogado do outro lado da pista. Mas tô desviando do assunto. Imagino que vocês não estejam interessados em saber sobre o trânsito de São Paulo ou sobre essa curiosidade mórbida que os motoristas têm por acidentes de trânsito.

Tá bom, tá bom, vou focar. Quando cheguei, Pedro e Sabrina já estavam lá. Andreia e Marcos chegaram depois. O Tião foi o último, e a gente já tava pensando que a situação dele tinha piorado e que ele não tinha conseguido nem sair de casa. Mas ninguém comentava nada sobre isso, parecia que a gente ia fazer uma viagem normal, do tipo daquelas de final do ano pra Bahia. Tinha quase um ano que eu não via o Tião e fiquei impactada com o estado dele. Chegou de cadeira de rodas, com um cilindro de oxigênio acoplado, empurrada pelo que parecia ser o motorista do táxi. Tentei disfarçar o meu espanto, mas fiquei sem fala. O pessoal, eu sei, sentiu a mesma coisa, porque foi aquele silêncio forte, prolongado. Mas logo o Pedro fez uma brincadeira, perguntou se o oxigênio dava onda nele, se não achava melhor uma cadeira motorizada e tal, e todo mundo abriu um risinho assim meio morno.

Cada um viajou só com uma bagagem de mão, fora o Marcos, que ficou responsável pela parte etílica da viagem e despachou uma mala cheia de vinhos, todos eles de safras especiais, embrulhados em plástico-bolha. Pedro carregava, além da mochila com roupas, a sua maleta de médico, colada ao corpo, com medo de alguém abrir, roubar, sei lá. Eu ainda não sabia que ali estava o presente de despedida para o nosso amigo moribundo.

Chegamos ao aeroporto de Porto Velho por volta das onze da noite. Tião tava exausto, mas firme, segurando a onda. O estado dele obrigava a gente a ter pressa, pois a pior das hipóteses seria ele morrer lá mesmo, sem uma despedida apropriada. Ele ia acabar sendo enterrado naquela lonjura ou enviado de volta em um caixão para São Paulo. Isso pra ele seria uma segunda morte — bem, se é que posso me expressar assim —, pois se tem uma pessoa que conheço que tem horror de enterros é o Tião. Ele sempre dizia que achava uma crueldade deixarem um corpo debaixo da terra pra apodrecer no escuro. Às vezes, acho que ele leu Augusto dos Anjos demais, ou que algum primo distante trancou ele numa geladeira velha em uma viagem de família. O terror dele era acordar no meio da coisa toda e escutar o barulho de cada pá de terra jogada sobre ele sem poder se mexer enquanto sufocava lentamente.

Há uns oito anos eu decidi sair do escritório de arquitetura do meu pai e comprar um terreno em Ribeirão da Serra. Tava querendo mudar um pouco o meu estilo de vida, pensava em produzir shiitake e bananas orgânicos. Quando contei pros meninos, o Marcos e o Pedro foram bem negativos, disseram que eu tava jogando fora a minha vida, que tinha uma carreira de sucesso pela frente, que eu era superboa no que fazia. O Tião ficou em silêncio, pensativo, e depois de um tempo que me pareceu imenso disse que antes de ir eu devia comprar soro antiofídico e aprender a usar. Seis meses depois, quando aquela cascavel me mordeu enquanto eu tava fazendo o manejo das bananeiras, só consegui pensar nele, no soro que eu tinha comprado e deixava sempre no porta-malas do carro, e em todos os vídeos que eu tinha visto na internet explicando como diluir e injetar.

Em Porto Velho tinha uma van esperando a gente. Uma van da prefeitura, com o logotipo bem grande nas laterais. O próprio prefeito interino, o Cristóvão, que eu achei até meio gato prum sessentão, foi nos buscar vestido com um terno branco que deixava à mostra um monte de colares de contas coloridas. Tião tava na cadeira de rodas, e o tal gato, que até então eu não sabia que era o prefeito em pessoa, olhou pra ele consternado, deu um aperto de mão e falou algumas palavras no seu ouvido. A viagem durou umas seis horas e quase não conversamos. Eu, pelo menos, capotei. Coloquei meu casaco na janela, apoiei a cabeça e só fui acordar quase chegando. O dia tava amanhecendo. Eu me lembro porque achei bonito ver aqueles raios amarelos refletidos no rio que, fui saber depois, se chamava Ouro Preto.

Instalaram a gente em um hotelzinho da cidade, chamado Estrela da Manhã, dizendo que era o melhor, na rua principal, bem perto da prefeitura. Lá pelas dez horas, o prefeito foi até o hotel e conversou em particular com o Tião. Não sei do que falaram, mas ele foi simpático, oferecendo sua lancha e um barqueiro de confiança pra gente subir o rio Ouro Preto até o sítio dele. Pedindo mais uma vez que fôssemos discretos, ele se despediu desejando uma boa viagem, pro sítio e pro além, o que fez Tião sorrir.

A gente saiu no dia seguinte logo de manhã, um pouco depois das oito. A viagem rio acima foi lindíssima, mais que tudo pelos muitos pássaros que cruzavam o céu. Chegamos no sítio pelo porto, um cais de madeira rústica com um casco de lancha virado ao lado. Subir o barranco até a casa não foi fácil. A gente teve que levar primeiro as malas e depois o Tião, com a ajuda do barqueiro e de uma padiola improvisada com dois remos. O terreno era um descampado com algumas palmeiras, bananeiras e mangueiras, e uma casa de alvenaria com muitas janelas, todas elas largas e com telas, uma sala, dois quartos e muitos ganchos de rede. Tião ficou em um dos quartos, em uma rede, um jeito bom de manter as costas dele elevadas, melhorando a respiração. Pedro e Sabrina ficaram no outro, que tinha cama de casal, e Marcos, Andreia e eu ocupamos a sala. Sabrina deu logo um ataque e botou todo mundo pra limpar a casa, com baldes e mais baldes de água, que a gente tinha que pegar no rio. Mas valeu, porque melhorou muito. Tava sujo mesmo. Fomos tomar banho no rio. Marcos pegou uma vara de pescar e se sentou, na esperança de uns peixes assados em folha de bananeira pro jantar.

Andreia

Eu tinha o sonho de conhecer a Amazônia, o pulmão do mundo. Mas nem conseguia pensar nisso naquelas circunstâncias. Uma tensão danada, morre não morre, que nervoso! Fiquei pensando na situação. No final das contas, com tanto lugar merda pra morrer, acho que o Tião escolheu bem. Se bem que talvez tenha ido longe demais, doze horas de viagem, sem contar o barco. Olha, eu fui lá pra fazer um favor, porque ele pediu muito, muito, e porque ele era um cara bacana, um grande amigo, o meu melhor amigo. A gente se conheceu na adolescência ainda, os dois com uns dezessete anos. Chegamos a namorar por uns meses. Depois eu fui fazer um intercâmbio e ele se mudou para Campinas. O romance passou, mas a gente nunca deixou de se falar e de se ver. Ele deve ter ido a todos os meus aniversários. Nós dois somos do final de outubro, sabe? Fizemos até várias festas juntos. Eram uns festões, a gente chamava todo mundo. Teve uma festa em que ele tava namorando uma menina, acho que era Maria alguma coisa, e eu tava ficando com o Beto. Quando ia dar meia-noite e todo mundo tava muito bêbado, ele me chamou pra ir pro telhado. Ele queria passar a virada pro aniversário dele vendo a lua e as estrelas. Subimos até onde ficava a casa de máquinas dos elevadores e por uma portinha chegamos ao terraço. Foi lindo, conversamos tanto, falamos dos nossos sonhos, desejos e até dos nomes que a gente ia dar pros nossos filhos. Não juntos, mas filhos em geral. Coitado, ele nem chegou a ter um filho. Era um cara profundo, de uma sensibilidade enorme. Podia passar o dia todo calado, mas quando falava vinha direto da alma. Quando voltamos pra festa algumas horas depois, sabe quem encontramos no banheiro se agarrando? O Beto e a Maria, acho que eles até namoraram depois. Rimos um montão e ficamos na sala bebendo e conversando com nossos amigos. A melhor parte é que isso dos nossos namorados começarem a namorar um com o outro aconteceu outras vezes. No começo a gente ficava meio puto, mas depois até passamos a achar normal. Isso tudo foi antes de ele ficar doente, claro. Era um cara bonito, sarado, com um olhar profundo, um sorriso aberto e covinhas. O sorriso ele tem ainda, mas é tanto osso no rosto que as covinhas viraram duas crateras.

O voo até que foi tranquilo, tirando o nosso medo de que o Tião morresse ali mesmo. Ia ser uma merda federal. Credo, isso me faz pensar em polícia federal e me dá até arrepios! Bem, aquele hotelzinho onde a gente ficou era pra lá de simplório, nunca vi tanta mosca. A gente desistiu de tomar o café da manhã no hotel quando viu aquela garrafa térmica de café adoçado e os pães já recheados com mortadela e manteiga. Eu não sou fresca, não mesmo, afinal, na época da faculdade acampei em muito mato e dormi em muita espelunca, mas depois de uma certa idade e com um pouco mais de dinheiro no banco, a gente quer algum conforto. Fomos a uma padaria ali perto e pedimos uns queijos-quentes e suco de cupuaçu com leite, delicioso. Depois, cada um foi fazer as suas coisas. Pedro e Sabrina saíram pra comprar comida pra viagem. Marcos e Fernanda foram ao museu, perto do porto, que parece ter sido construído pelo próprio marechal Cândido Rondon, que andou por ali. Eles contaram que lá só tinha coisa esquisita: uns jornais velhos que mostravam uns homens decapitados e culpavam os índios, uns cocares e um monte de vidros com fetos disformes de animais. Ainda bem que eu não fui. Tava muito quente e fiquei no quarto com o Tião, o ar-condicionado no máximo, vendo filmes na TV e falando besteira. Na verdade, eu é que falava pelos dois, porque ele ficava logo sem ar, mas não deixava de rir com as minhas piadas. Ele me pediu pra abrir as portas da varanda do quarto e ajudar ele a chegar até o balcão. Vimos o pôr do sol juntos e ficamos ali, em dois bancos de plástico coloridos, até aparecerem as primeiras estrelas. Depois, ele me pediu um cigarro. Eu não ia dar, lógico, mas pensei que a essa altura dos acontecimentos não faria muita diferença. Eu tinha um costume esquisito desde que parei de fumar havia seis anos, dois meses e dezoito dias, que era sempre levar um maço de cigarros fechado na bolsa, caso me desse um desespero e eu precisasse fumar. Resolvi entrar nessa junto com ele. De que valia a vida, afinal? Tão novo, o Tião, e já ia morrer. Acendi os dois, e fumamos em silêncio, olhando o céu ficar cada vez mais escuro. Fiz um pedido para a primeira estrela, como quando eu era criança: pedi para dar tudo certo, pra gente conseguir fazer o que o Tião tinha pedido. A gente dormiu vendo um filme com tiros e carros fugindo, nossas camas de solteiro juntas. Quando acordei no meio da noite pra ir ao banheiro, nossas mãos estavam entrelaçadas.

A viagem de barco no outro dia foi linda, mas para mim muito triste. Não era assim que eu queria ter conhecido aquele lugar, com um aperto no peito, medo do que ia acontecer. Sei lá, e se eu não conseguisse ver o Tião morrer? E se não conseguisse ir até o fim no que ele pediu? No fundo eu não aceitava aquilo. Era muito cedo, gente. Depois do transplante todo mundo achou que ele ia melhorar, não sei o que aconteceu, mas doação não tem garantia, e depois que não dá certo da primeira vez, te botam no último lugar da fila.

Coloquei meu colchonete na sala do sítio, o mais longe possível da rede do Marcos, que até onde eu me lembrava roncava que nem um motor de Fusca desregulado. O lugar era pra lá de simples, e parecia que aquela casa tava desocupada havia mais de um ano, se a gente não levasse em conta a família de ratos que vivia no forro do telhado. Tudo correu superbem no dia da chegada, fora o ataque de limpeza da Sabrina, que me fez descer umas dez vezes ao rio pra pegar água pra lavar o piso. Tião tava cansado, mas tranquilo, deitado em uma rede que armamos pra ele na varanda, inalando oxigênio, com um sorrisinho no rosto. Marcos, feliz da vida por ter conseguido fazer os vinhos chegarem intactos naquele fim de mundo e, depois de transformar a geladeira a gás da cozinha em uma adega, resolveu pescar, porque queria algo que harmonizasse com o seu Chablis. E não é que o danado pescou? E o vinho ficou fresquinho. Na verdade, foi mais vinho do que peixe. Um peixe só não deu para encher a barriga, mas tava muito delicioso.

Ficamos uns cinco dias nessa onda. A Sabrina ficou responsável pela comida. Pedro tomou as rédeas do tratamento do Tião, quer dizer, da manutenção do Tião vivo, com um soro de glicose onde volta e meia ele injetava um medicamento, além de pingar na sua boca um óleo rico em THC, que ele mesmo produzia em casa, e que ajudava o Tião a relaxar. Na verdade, ajudava todo mundo, porque a gente abria a maleta dele quando ele tava no rio e tomava umas gotas. Todo mundo foi ficando de boa.

Sabrina

Por mim, não teria participado disso. Eu falei pro Pedro não se meter com uma coisa dessas, que era ilegal, que ia dar merda, que ele podia perder o CRM dele, que era claramente uma afronta ao juramento de Hipócrates. Ele insistiu, disse que o Tião era um irmão e que devia isso a ele. Quando me deu a notícia, falou que eu não era obrigada a ir. É claro que eu sabia disso. Mas vocês nunca viajaram com aqueles estrupícios, que gente mais desorganizada! Eles precisam de uma pessoa pragmática pra organizar os translados, as comidas. É capaz de o Pedro comprar dois quilos de arroz e uma dúzia de ovos e achar que as refeições da semana estão garantidas. Se eu não fosse, era capaz de o Tião nem conseguir morrer, do jeito que eles são desleixados. O Pedro disse que a gente ia fazer um ritual sagrado, religioso, que ia ser bom pra energia da terra, essas coisas. Decidi ajudar, evidentemente em solidariedade ao meu marido, porque vi que ele ia fazer de qualquer jeito. Deixei pra fazer as compras quando a gente chegasse na cidade, pra não precisar levar tudo no avião. O mercadinho local, uma porcaria, é claro, não me deu muitas opções além do básico, mas comprei ingredientes para fazer um bolo, panquecas, frapê de coco, molhos para massas, tudo o que, eu sabia, o Tião gostava. A gente tem que se programar, senão não dá certo, ainda mais pra uma ocasião solene dessas. Vocês acham que quando Jesus fez a última ceia foi de uma hora pra outra? Logística, meus queridos, aquele evento sem dúvida teve um toque da Maria Madalena! Comprei velas, repelente, mosquiteiros, tudo. Garanti que os últimos dias do Tião fossem os melhores possíveis. Nenhum condenado merece comer arroz com ovo.

A viagem de barco foi o prefeito que providenciou, assim como o sítio, um lugarzinho perdido, sem conforto nenhum, cheio de mosquitos, uma imundície. Mas a gente conseguiu dar um jeito, botei aquela cambada para trabalhar, fora o Tião, evidentemente, e o alcoólatra do Marcos, que logo arrumou uma desculpa na pescaria pra não pegar no pesado e depois se embriagar. Passamos água sanitária até no forro. Se dependesse do Pedro, a gente tinha dormido naquela imundície mesmo.

Foram baldes e mais baldes, na parede, no chão. Esfregamos até a geladeira. No final do dia aquele barraco dava pra ser chamado de lar.

Os dias que passamos enquanto o Tião tava vivo até que não foram de todo ruins, porque eu amo peixe fresco e mais ainda com um bom vinho. E, cá entre nós, o *fettuccine* que eu faço não é brincadeira. O Marcos levou um violão e tocava pra gente na varanda à noitinha, depois que acabava a hora dos mosquitos, que obrigava a gente a se trancar dentro de casa. Umas músicas boas, tipo Caetano, até que aquele ogro começou a tocar "Águas de março". A Fernanda caiu em prantos, de soluçar. Eu também não me aguentei e foi um choro geral. No dia seguinte preparei uma lista de músicas proibidas e dei pra ele.

Mas foi eu começar a relaxar, a achar o lugar legal, e o Pedro veio dizer pra gente que do dia seguinte não ia passar, que o Tião tava ruim mesmo, com muita falta de ar e com a pressão despencando. Se não morresse do coração, ia ser da quantidade cavalar de metoprolol que ele tava administrando diariamente. Aí foi que eu tive medo mesmo. E se acusassem o meu marido de assassinato e nós todos de cúmplices e de formação de quadrilha? Ele me garantiu que isso não seria possível, pois ninguém se daria ao trabalho de fazer biópsia em um homem que já tinha a morte como certa, como mostravam os muitos atestados médicos que o Tião passou pro Pedro, caso fossem necessários. Além do mais, sem corpo, como iam fazer biópsia? Bem, o Pedro deu a notícia, o pessoal concordou e decidiu se juntar em volta da rede do Tião pra conversar com ele. Como eu era a única que não era amiga de infância dele, não me senti à vontade pra participar. Coloquei um tapete de ioga do lado de fora e fiquei vendo as estrelas, depois de pedir pro Pedro pelo menos umas dez gotinhas do THC. Chapei geral e fiquei ali viajando. Céu lindo esse do interior.

Pedro

Sabrina tava meio fora de si, dizendo que a gente ia parar na polícia, que aquilo tudo era um absurdo, falando de Hipócrates e tal. Tremia sem parar, a coitada, discutindo até por causa de música. Foi ela tomar as minhas gotinhas que logo se acalmou e deixou a gente em paz pra decidir sobre os próximos passos. Nós quatro ali, em volta da rede do Tião, conversamos sobre o que fazer. Dei a minha opinião, achava que se era pra fazer, a gente devia resolver logo aquilo, que tinha uma tensão no ar, que logo, logo, alguém ia pirar e desistir. Tião, em vez de ficar triste, abriu um sorriso e disse: "Finalmente! Vamos lá". Combinamos de fazer tudo na tarde do dia seguinte, depois de um almoço de despedida, de brindarmos com os melhores vinhos da mala do Marcos, uma purificação no rio, uns cantos, quem sabe? Era preciso então combinar os detalhes do funeral. O Tião só sabia que queria ser comido, mas não sabia como, não tinha trazido a receita. Só repetia que queria fazer parte do nosso corpo, transformar a morte dele em energia para nós. Na verdade, ninguém sabia como fazer aquilo. Como cortar um corpo? Eu tinha aprendido na faculdade a estudar os cadáveres, ou até pedaços deles, mas eles já vinham prontos pra nós. Nunca cortei nem bicho, quanto mais gente. Mas não dava pra botar um corpo inteiro em uma grelha de assar. Não ia caber. E como cortar? A única ferramenta ali era um machado, e ia ter que ser com ele mesmo. Mas como fazer isso, gente? Quem ia ter coragem?

Andreia

Foi uma despedida linda. Colocamos a rede do Tião do lado de fora, cantamos com ele suas músicas prediletas, "Alegria, alegria", do Caetano, e "O segundo sol", com a Cássia Eller. Foi o

Pedro que levou até ele, com um ar solene, o suco de cupuaçu com os dez comprimidos de oxicodona. Ele parecia sereno enquanto engolia as pílulas uma a uma. No final, elogiou o suco. Em pouco tempo o tal remédio começou a fazer efeito. Eu fiquei segurando a mão dele o tempo todo. Cada um chegou perto e se despediu beijando a testa dele. Eu tentei me conter, mas caí no choro. Gente, o Tião tava morrendo! Caramba, parecia mentira. Ele foi respirando mais e mais fundo, mais espaçado e depois parou. Parecia que tava só dormindo, com os olhos fechados, tão sereno, tranquilo. A gente se abraçou, chorou, mas por pouco tempo. Lembro que o Pedro chegou a falar o horário preciso, 14h35, coisa de médico, afinal ele ia ter que fazer o atestado de óbito, e era melhor que alguma coisa de verdade estivesse escrita nele. Acho que foi só nessa hora que larguei a mão do Tião. De repente senti uma calma estranha, como um alívio, como se eu tivesse sentido o que o Tião sentiu ao morrer. Alívio. Mas era hora de tomar providências, tentar cortar antes que o corpo endurecesse muito.

Marcos

Um monte de coisas dessa viagem se apagou da minha mente. Nem me lembro bem da cara do sítio, do lugar. Mas lembro, claro, dos vinhos que levei, porque eram da pesada. Dos bons mesmo, aconselhados por meu amigo enólogo, um cara muito fera. Eu disse que era pra uma grande ocasião e ele foi fazendo a lista.

Mas o que não me sai da cabeça mesmo é aquele momento em que eu e o Pedro tivemos que cortar o Tião. Que coisa horrível! Era ele ali, a cara dele, parecia que tava vivo, e a gente metendo o machado. E como esses ossos são duros! Difícil demais de cortar. Fora o sangue que começou a espirrar em cima da gente. Uma carnificina mesmo. A gente tinha decidido separar os dois braços na altura dos ombros e cortar as pernas na altura das coxas. A ideia era deixar o tronco e a cabeça, para queimar depois, sei lá. Como colocar aquela cabeça, o rosto dele mesmo, pra assar?

A gente preparou a grelha na véspera, pra adiantar, toda em madeira, como ele queria, e muita lenha por baixo. A Fernanda deu palpites, ajudando a gente a montar a grelha, que teimava em despencar mesmo ainda sem a carne. Só quando cortamos é que a gente se deu conta da quantidade de carne pra assar. Ia demorar a noite toda. Colocamos as peças sobre os paus, acendemos o fogo. Andreia e Sabrina ficaram meio longe, tentando não olhar. Mas iam ter que comer, ah, isso iam! A gente não ia dar conta daquela carne toda sozinhos. Tudo tinha que correr de acordo com o plano do Tião.

Andreia

Eu tava saindo do rio quando vi as primeiras canoas. A água em torno do porto tava escurecida pelo sangue que eu tinha conseguido tirar, até certo ponto, do meu corpo. Duas canoas cheia deles, todos homens, assim de roupa mesmo, e tinha até um com uma Bíblia na mão. Falavam um português enrolado, eu não entendi bem, passaram por mim sem dizer muita coisa e foram subindo o barranco sem cerimônia, como se conhecessem bem o lugar. Eu fui atrás deles. Passaram perto do Pedro, mas se repararam que ele tava com a roupa suja de sangue, não falaram nada. Marcos tava deitado na rede do Tião olhando fixo pra floresta. Ninguém conseguia olhar praqueles membros assando. Mas os índios foram direto lá, acho que pensando que era churrasco de boi. A Sabrina e a Fernanda ainda ficaram tentando disfarçar, meio que barrando o caminho para a grelha, mas nada. Quando viram aqueles dois braços e duas pernas ali, ficaram paralisados, olhando uns para os outros.

Fernanda

O pessoal não conseguia nem construir uma grelha direito, bando de gente desajeitada. Ainda bem que eu tava lá, porque senão ia cair tudo no chão, despencar, perna, braço, um para cada lado. Uma vez, um cliente me pediu para incluir uma assadeira rústica no projeto da casa, e resolvi projetar uma bem tradicional, daquelas que assavam um porco inteiro. Ficou bonita demais, ele adorou. Mas disse que ia pintar, que queria azul, da mesma cor da casa. Onde já se viu? A tinta ia logo queimar, sair toda. Ia ficar tudo preto, do mesmo jeito. Mas cliente é cliente. Mandei pintar. Tá bom, tá bom, vou focar. Eu gosto de detalhes, vocês sabem. Só para vocês entenderem, li muito Agatha Christie na adolescência e já vi o seriado *The Mentalist* completo, as sete temporadas, três vezes. O que eu quero dizer é que sabia, ao menos em desenho, fazer a coisa. Tinha que ter um suporte de madeira bem enraizado no chão pra aguentar o peso das ripas que iam servir de base para a grelha, na altura certa pro fogo assar sem queimar a carne. Fui dando as instruções pros meninos, que depois saíram pra cortar a lenha. Difícil foi achar alguma madeira seca naquela floresta. A gente não queria que o Tião visse a grelha, pra ele não ficar deprimido, e deixamos tudo preparado no fundo da casa, mas ele fez questão de sair do quarto, se arrastando mesmo, pra ver. Deu uns palpites ainda, com aquela vozinha apagada, disse que queria que a gente pintasse a grelha com urucum, do pé que tinha ali no terreno, pra que ficasse vermelha, bonita. O pessoal parece ter mania de pintar as grelhas, não sei de onde vem isso. Tá, tá, já sei. Foco.

Eu não vi cortar. Sou forte e tudo, mas isso era demais. A Andreia não tava bem. Ela e o Tião eram muito próximos, todo mundo sabia disso. Quando começaram os barulhos das machadadas, ela não aguentou, foi até a cozinha, pegou uma faca pequena, bem amolada, e foi lá gritar com os dois. "Saiam já daqui! Nem lenha se corta com essa brutalidade, seus açougueiros!" Ela se sentou no chão diante daquele corpo com os braços pendurados e começou a cortar os ligamentos e a cartilagem devagar, pros membros se soltarem. Ela cortava e urrava, parecia um bicho. Ficamos até com medo de atrair uma onça, sei lá. Um grito que vinha das tripas mesmo, grosso, rouco. Foi de arrepiar. Pegava o sangue do Tião e esfregava no rosto, nos braços e gritava, gritava. A Sabrina não se impressionou muito e passou o tempo organizando um cenário pro ritual: colocou umas cangas bem bonitas no chão, em círculo, e no centro fez uma espécie de mesa com folhas de bananeiras, que ela decorou com velas. Se tivesse flores por ali, tenho certeza que ela teria feito um belo arranjo. Ficou uma coisa bonita mesmo, nada brega, e aposto que o Tião gostou.

Depois que a gente colocou pra assar, foi todo mundo pro rio se purificar. A água ajuda com essas coisas de energia e passagens. Não sou religiosa, mas e se Deus existir e castigar a gente por isso? Será que castigaria, mesmo sendo um favor pro morto? A Sabrina variava entre funcionalidade máxima e pânico máximo, repetindo como um papagaio, não gosto disso, não tá certo, vai dar merda, vai dar polícia, parecia até que tava em uma *bad trip* de ácido. Quando subimos de volta pra casa, a Andreia decidiu ficar mais um tempo no rio. Ela tava coberta de sangue. Todo mundo tava triste, evidentemente, mas tinha uma coisa diferente nela, os olhos vazios e distantes, sabe, parecia que uma parte dela tinha morrido junto com o Tião.

O banho me ajudou, ainda mais com a quantidade de vinho que tinha começado a tomar. Acho que o Pedro desistiu de ficar malocando o THC naquela pastinha dele e jogou tudo em uma garrafa de vinho. Só sei que no primeiro copo já bateu aquele relaxamento profundo, vontade de ficar sentada na beira do barranco só vendo a água correr.

Quando penso agora, vejo tudo meio borrado, parecendo um filme. Tava até dando uma paz na gente, sabendo que o Tião ia seguir pra onde queria, pra dentro da gente. Só de pensar nisso fico arrepiada. A gente tava ali, bebendo e virando a carne para lá e para cá, quando chegaram os índios.

Pedro

Eles subiram o barranco e pegaram a gente totalmente de surpresa. Eram muito silenciosos. Quando vi que tava chegando gente, fiquei em pânico, tentando esconder a grelha, ficando no caminho. Mas parecia que eles sabiam. Foram direto para lá, olharam, olharam e ficaram em silêncio. Então um deles, que devia ter os seus trinta anos e falava bem português, perguntou quem era o chefe ali. Fiquei quieto, mas parece que eles decidiram que era eu.

Então esse rapaz me perguntou o que era aquilo ali assando, como se ele não soubesse. Tive que explicar a história do início, dizendo que tinha sido o último desejo do nosso amigo moribundo, que ele tinha morrido naturalmente e tal. O índio continuou me olhando, assim parado. Eu tava me cagando nas calças, só faltava essa. Ele então abriu uma Bíblia de capa preta que carregava na mão esquerda e começou a ler sobre a ressurreição dos mortos. Me disse que aquilo era pecado, que aquele morto não ia mais ressuscitar, que ia ficar no inferno queimando ainda mais, que nós todos íamos para o inferno, que aquilo era coisa do diabo, que iam expulsar a gente dali. Eu pensei: e agora, Pedro? Vê se tem uma ideia boa. Foi então que se aproximou um velho, bem velho mesmo, andando apoiado em um pau, tipo bengala. Ele ficou olhando. E começou a fazer perguntas pro tal rapaz, pra ele traduzir pra mim. Queria saber se a gente era parente dele, quantos dias tinham se passado desde a morte, se o corpo tava podre. Mas queria saber mesmo onde tava a cabeça, queria a cabeça de todo jeito. Eu levei ele até onde tava o que sobrou, o tronco e a cabeça. Ele então disse que ia ensinar a gente a fazer aquilo direito.

Marcos

Eu tive que ficar bêbado demais para aguentar aquilo. Foi duro. O pior mesmo foi cortar. Fiquei todo sujo de sangue. Um cheiro horrível, que nem o banho de rio, com esfregão e sabão de coco, conseguiu tirar. Tentei fazer a minha parte, o dever de casa, por assim dizer. Não é exatamente óbvio imaginar como se harmoniza uma refeição com carne humana. Eu fiz o meu melhor. Vinho tinto, é claro, mas qual? Um mês antes da viagem eu procurei me informar sobre o tema da forma mais discreta possível. "Como cozinhar carne humana?" não é o tipo de pergunta que você quer ter no histórico de seu navegador de internet. Achei essa receita em um livro de história, onde descobri que a antropofagia era muito comum na Idade Média na Europa. Eu até anotei aqui pra ler pra vocês. O autor é um tal de Schroeder. Escuta só: "Corte a carne em pedaços e borrife com mirra e um pouquinho de babosa. Então deixe mergulhada em vinho por vários dias, pendure por seis a dez horas, volte a colocar no vinho e então deixe os pedaços secando à sombra, longe da umidade. Vai ficar parecida com carne defumada e sem cheiro ruim".

Não ia dar pra deixar no vinho por vários dias, até porque não tinha vinho suficiente pra fazer molho pra sessenta quilos de cadáver. Mas, se fosse escolher algum, definitivamente seria um bordeaux. Pra garantir, preparei, ainda em casa, um molho de mirra e babosa, outro de pesto com hortelã, uma geleia de pimenta e separei duas garrafas de Château Lacave, do mesmo ano do nascimento do Tião, pra acompanhar. Acho que fiquei concentrado nesses detalhes pra não pensar no horror daquilo tudo. Meu Deus, tô falando do Tião! Eram os braços e as pernas do meu amigo assando ali! Mesmo assim, fora os gritos da Andreia, tava tudo relativamente tranquilo até que chegaram os índios. Acho que uns sete ou oito em duas canoas. O rapaz da Bíblia, que conversou com o Pedro, parecia não estar gostando nada daquilo, mas depois chegou o velhinho dizendo que ia ajudar a gente. Pelo que entendemos, no passado eles comiam os seus mortos também. Mais uma dessas coincidências que o Tião adorava. Tudo inesperadamente dando certo. Como é que podíamos imaginar que aqueles índios de roupa, com a Bíblia na mão, tinham sido comedores de gente? E vizinhos do sítio? Impressionante. Acho que é a aura mística do Tião abrindo os caminhos. Tomara que os pedacinhos dele que eu comi me passem um pouco disso, dessa espécie de poder que ele tinha de sentir as coisas que ninguém mais sentia, desde jovem com os seus pressentimentos, que quase sempre se realizavam. Dava até medo.

Então o velhinho começou a explicar umas coisas pro rapaz da Bíblia, que traduzia pro Pedro. Ele queria porque queria a cabeça do Tião. A gente não tava entendendo, achava que eles queriam levar, que aqueles índios eram desses caçadores de cabeças que aparecem nos filmes. Então o Pedro levou ele até os fundos da casa e mostrou. O velhinho se horrorizou. Disse, quer dizer, o rapaz disse que ele disse, que a cabeça tinha que ser rapidamente assada, com os olhos virados para o fogo, pra que a alma dele pudesse logo seguir para o além. E o tronco também, que a gente não podia deixar um pedaço do corpo assim, cru, pra ser apenas queimado depois. Tudo tinha que ser assado. Acho que foi isso. E então tivemos que separar a cabeça do resto do tronco, e tome machadada e mais sangue. Mas aí os índios já se dispuseram a nos ajudar, e colocamos tudo em cima da grelha. Acho que o velhinho deu uma bronca neles, falou por um longo tempo, sério. O da Bíblia discutiu com ele, parece que falou que não ia fazer aquilo, que era diácono na igreja e que se o pastor soubesse, ele seria afastado. Acho que foi isso. Só sei que ele pegou uma das canoas e foi embora, deixando os outros lá pra ajudar o velho.

Andreia

Eu tava tão deprimida, chorando tanto, que nem me preocupei quando vi os índios chegando. Só fui me tocar quando eles já tavam em cima, indo direto até a grelha. Eu sempre quis conhecer índios de verdade, mas aqueles eram mais ou menos, de roupa, sapato e boné. Tinha um velhinho muito fofo, bem curvadinho, que acabou dando a maior força pra gente. A gente não entendia bem. Só sei que o velhinho falou grosso e o cara com a Bíblia pegou a canoa e se mandou. Um dos que sobraram começou a traduzir no lugar dele as coisas que o velho falava. Não gostei de terem levado a cabeça para assar. Aí me pareceu demais. Porque os braços, pernas e até o tronco ainda disfarçavam, podiam ser de qualquer um, mas a cabeça era do Tião, a cara dele, assim decepada como a de São João Batista levada na bandeja. Um horror. Mas eu tava tão fraca, tão triste, que fiquei só olhando o movimento, e chorando. O velho começou a conduzir tudo, como um maestro. Acho que ele tinha muita experiência naquilo. Falava de um além, de um mundo debaixo d'água para onde iam os mortos que eram comidos. Lá ficavam jovens outra vez, fortes, com os dentes perdidos durante a vida de volta à boca. E passavam o tempo dançando, fazendo sexo. Acabavam se casando, tendo filhos. Parece que quando queriam ver os parentes vivos, subiam pra terra na forma de porco-do-mato, se oferecendo como comida. Depois, a alma deles voltava para a água, virava gente de novo. Bem, foi isso o que entendemos do que disse o tal intérprete, que falava um português bem pior do que o do cara da Bíblia.

Eles ficaram todos lá, ajudando a gente, virando a carne. Disseram que, como o morto não era parente deles, não ligavam, podiam mexer no corpo à vontade. Até colocaram o fígado para assar, dizendo que era gostoso, ainda mais assim fresco, antes de apodrecer. Eu não conseguia olhar.

Fernanda

A Andreia, largada ali no chão, aos prantos, parece ter revivido quando viu o velhinho. Ela até parou de soluçar, lançando pra ele aquele olhar encantado de gente que lê Castañeda e que, de repente, se vê diante de Don Juan. Ela sempre foi meio esotérica, meio exagerada até. Fiquei de longe com a Sabrina. Depois que os índios chegaram, ela parou de se preocupar com a decoração, com as velas, e voltou a ficar em pânico, repetindo as mesmas coisas sem parar, tipo, eu disse que não era pra gente vir, vamos ser presos e tal. Resolvi sair de perto e me juntar aos outros. Lá pelas onze da noite o corpo terminou de assar. O velhinho disse pra deixarmos sobre a grelha pra gente comer somente no dia seguinte, porque não se deve comer morto à noite. Eles cortaram umas folhas de bananeira, forraram o chão, acenderam um fogo e dormiram ali mesmo, ao relento. Nós todos nos juntamos na sala, com a porta bem fechada, com medo de dar merda, de eles nos matarem, essas coisas. Mas o que a gente podia fazer naquela situação? Ninguém dormiu, óbvio, nem o Marcos, bêbado como estava. Eu cheguei a tomar vinte e cinco gotas do meu Rivotril, mas nada, meus olhos não fechavam. Ah, e tem um detalhe, que não sei se meus amigos repararam, porque foi tudo muito rápido. A mando do velho, eles cortaram o saco e o pau do Tião, deram uma boa olhada, e jogaram direto no fogo, pra queimar, não pra assar. Não sei o significado disso, mas deve ter algum.

De manhã cedo eles bateram na porta e pediram pão. Mandaram a gente cortar o pão em pedacinhos pequenos e saíram pra floresta, voltando com umas folhas de palmeira que um deles trançou pra fazer uma esteira, e um monte de gravetos pequenos, que pareciam uns palitos. O velhinho nem ligou pra mesa de folha de bananeira enfeitada que a Sabrina tinha preparado. Colocou os pedaços do Tião na esteira que eles tinham trançado, a cabeça e tudo, duro de olhar, e perguntou quem ali era parente dele, que o parente tinha que desfiar a carne pra que os outros pudessem comer. Então a gente disse que ninguém era parente, e ele mesmo desfiou a carne e preparou umas coisas que pareciam canapés, um pedacinho de carne e outro de pão espetados no graveto. O homem se agachou na frente da esteira e cantou uma espécie de lamento. Parecia até que tava triste. E então ele foi se aproximando da gente, andando agachado, de um jeito muito estranho, e cantou no ouvido de cada um, falando umas coisas que a gente não entendia. Pedimos pro rapaz traduzir. Ele disse que o velho tinha mandado a gente comer, com delicadeza, bem devagarzinho. Aí que foi a hora do vamos ver. Quem é que ia começar? Como a gente ia comer o Tião, meu Deus?

Pedro

Eu resolvi ser o primeiro a comer aqueles canapés de carne de Tião. A gente já tinha chegado até ali, então tinha que fazer o serviço completo. Os outros amarelaram. Combinaram, combinaram e agora não queriam chegar perto. Sacanagem com o Tião. Ele queria todo mundo comendo, queria entrar dentro de todos nós, não só de um. A Sabrina, eu sabia que não ia comer. Ela já tinha dito. O resto ia ter que comer, nem que eu tivesse que enfiar goela abaixo. Quer dizer, isso se o velhinho não estivesse lá vigiando, dizendo que a gente tinha que comer com delicadeza. E lá fui eu, peguei o canapezinho e coloquei na boca. Assim desfiadinho não parecia mais carne de gente, mas tinha um gosto estranho. Nunca comi macaco, mas acho que deve ser parecido. Uma carne escura, seca. Bem, do jeito que ele tava magro, nem tinha muita carne, o que era bom, porque assim a gente podia dar conta daquilo com mais facilidade. Comi logo uns dois pedaços e fui lá chamar aquele bando de covardes. Vamos resolver logo isso, gente! Em homenagem ao nosso Tião! E então eles se mexeram, um a um, menos a Sabrina. A pobre da Andreia comeu e vomitou em seguida. O velho, do lado, disse que não tinha problema, que era assim mesmo, que tinha gente que vomitava, que não conseguia comer morto. Mas a Fernanda me surpreendeu. Com aquela cara de patricinha foi lá, pegou e comeu. Um, dois, três pedaços, na tranquilidade, parecia que tinha nascido comendo gente. O Marcos teve que ser arrastado, trôpego, comeu como se fosse aperitivo, acho que até se esqueceu que era a carne do Tião. Os índios ficaram lá, só olhando. Acho que eram crentes, que tinham medo de pecar, sei lá. O velhinho não comeu, só ficava agachado se lamentando. Acho que ficou com pena porque não tinha nenhum parente pra chorar o Tião. Ele agia como se fosse um parente próximo, concentrado no choro enquanto a gente comia. A única coisa que ele comeu foram os miolos. Ele bateu na cabeça com um pau, enfiou os dedos no buraco e foi colocando os miolos direto na boca. Não fazia cara de nojo, nada. Depois se agachava de novo e voltava àquele choro cantado.

Quando deu meio-dia, o sol alto, a gente não aguentava mais comer, era enjoativo, não ia dar pra terminar aquilo. Falei com o intérprete, que falou com o velho, que falou de volta que não tinha problema, que a gente podia jogar tudo o que sobrou no fogo, que aquilo que comemos já tinha sido suficiente pro nosso amigo ir pra onde desejava. Não entendemos bem, mas tudo o que a gente queria era parar de comer, então concordamos. Eu senti que meu dever tava cumprido, que o Tião já tava dentro de mim, que não ia fazer diferença comer mais. E tudo bem queimar, só não podia enterrar, porque era isso o que ele não queria, ficar enterrado. Quando tudo tava totalmente queimado e só restavam aqueles ossos causticados e irreconhecíveis, o velho pediu pra gente jogar no fogo todas as coisas do Tião, roupa, mala, sapatos, óculos. Tudo tinha que ser queimado, até a rede onde ele dormia. Tava todo mundo tão exausto, tão emocionado, que ninguém discutiu. Os índios mais novos tiveram que pegar mais lenha, porque agora era muita coisa. Teve uma hora que ouvimos uma grande explosão, como se tivesse caído um raio no quintal, ficou todo mundo assustado. Foi só aí que eu me lembrei que queimamos a cadeira de rodas do Tião junto com o cilindro de oxigênio.

Só de tardezinha é que acabou aquilo. Os índios, como chegaram, partiram. Ficamos sem entender bem. Se eles gostavam de carne humana no passado, por que não quiseram comer o Tião? Bem, melhor assim, porque sei lá se ele ia querer entrar dentro do corpo de gente que ele nem conhecia. Antes de sair, dois dos rapazes puxaram uma oração, na língua deles. Sei que era oração porque eles olhavam pra cima, como que se dirigindo a Deus, fechavam os olhos e levantavam as mãos. O velho não rezou. Ficou calado, esperando aquilo acabar. E em silêncio foi andando pra canoa. Nós fomos tomar banho, aquele silêncio pesado, uma conversinha ou outra, e decidimos mandar um rádio pro prefeito pedindo que a lancha viesse nos buscar no dia seguinte de manhã. Tudo o que eu queria era dar o atestado de óbito, registrar no cartório e testemunhar que o corpo tinha sido enterrado ali mesmo no sítio, dada a dificuldade de transporte. De resto, o prefeito que desse as explicações, porque a nossa parte tava feita. O Tião tinha deixado comigo uma cópia de todos os e-mails trocados com o advogado e com o prefeito, caso desse algum problema legal. Mas do jeito que fizemos não ia acontecer nada. Os pais dele tinham morrido, ele era filho único, as duas tias eram senis e parece que tinha um primo distante que ele não via desde criança. Logo, ninguém ia reclamar aquele corpo.

Andreia

Gente, que vergonha! Eu vomitei o Tião! Que vergonha! Todo mundo conseguiu, menos eu e a Sabrina, mas ela não era amiga de infância dele, então não conta. Não é que o gosto fosse horrível, era só uma carne ressecada, escura. Mas foi emocional mesmo, não aguentei a ideia. Eu tava acabada, não conseguia parar de chorar, sentia uma saudade imensa dele, uma tristeza que me cortava o peito. Tentei outra vez, para honrar o pedido que ele tinha me feito, mas não parava no meu estômago. O velhinho parece que disse que isso acontecia, que não era problema. Virou meu parceiro, aquele velho. Tão tranquilo. Devia ser pajé. Se eu tivesse encontrado ele em outra situação, eu ia pedir pra me mostrar as ervas de cura, as poções dele. Sempre quis conhecer um pajé de verdade e agora tinha um na minha frente, mas eu tava concentrada em comer e não vomitar. Comer e não vomitar. Não deu. Fiquei admirada com a Fernanda, ali firme, comendo como se sempre tivesse feito isso, na maior naturalidade. Queimamos o que sobrou, até a rede queimamos. Jogamos as cinzas na floresta. Os índios fizeram uma reza e partiram. Assim, sem explicar, quietos como chegaram. A Sabrina entrou em pânico, gritava que eles iam denunciar a gente, que a gente ia pra cadeia. O Pedro teve que dar um calmante pra ela na veia e não deu meia hora ela apagou na rede. Tudo foi ficando calmo. Fomos todos pro rio, tomamos um banho demorado e falamos de um monte de assuntos, menos do que tinha acontecido, como se fosse um dia normal, uma viagem normal. Mas o Tião não tava lá. A ausência dele pairava como uma sombra. Como ia ser a minha vida sem o Tião? No dia seguinte, lá pelo meio-dia, ouvimos o barulho da lancha chegando pra nos buscar. Tinha sido mais uma noite em claro, um silêncio pesado, uma espécie de culpa misturada com enjoo, um enjoo que não passava mesmo depois da injeção de Plasil que o Pedro me deu. Eu só queria ir embora dali, esquecer aquilo tudo, como se isso fosse possível. Não sei onde tava com a cabeça pra concordar com aquela ideia estapafúrdia do Tião. Sacanagem dele, deixou a gente em uma sinuca de bico. Como se pode negar um último pedido a um amigo de infância moribundo?

Epílogo: Sebastião

No começo eu não entendi bem onde estava. Era um terreiro bem aberto. Eu tava envolto em uma fumaça branca. Achei até que ainda tava sendo assado, que tinha acordado no meio. Mas eu sabia que tinha morrido, eu me lembro do momento exato, de me sentir indo embora, ficando leve, uma coisa estranha. Eu olhava pros meus amigos à minha volta e parecia que eles estavam distantes, como sombras. Acho que foi nessa hora que morri.

Cheguei em um lugar muito estranho. Fiquei parado um pouco e logo chegou um cara bem alto, totalmente pelado, com uns testículos enormes, pendurados. Do lado dele, uma mulher também grande, que carregava uma panela com um líquido amarelado dentro. Ela passou pra ele, que me ofereceu. Eu bebi, não tinha outro jeito. Afinal, que mal faria? Eu já tava morto mesmo, não tava? E ele me fez beber uma panela atrás da outra, até eu desmaiar, se é que espírito desmaia. Não vi mais nada. Quando me dei conta, tava em uma rede feita de cipós, mais uma plataforma do que uma rede, com umas mulheres do lado, trazendo mais daquele líquido para mim, que tinha gosto de milho, só que, ao contrário da bebida do cara com os colhões, esse não tava azedo. Era docinho, gostoso. Foi só aí que me dei conta de que meu corpo tava diferente, mais jovem, forte, como quando eu era rapaz, malhava, corria. Passei a mão no rosto e não senti os ossos protuberantes nem as rugas em volta da boca. Gostei daquilo. Eu respirava bem, sem o cansaço de antes. Sentia que se quisesse podia sair correndo, pulando. Mas as mulheres me mandavam ficar deitado. Diziam que eu tinha que engordar, e me deu até saudades da minha finada mãe, sempre me entupindo de comida. Fiquei assim uns dias, deitadão, só bebendo aquilo, com aquela mulherada bonita, pelada, me cercando. Uma manhã, chegou um homem ali e me mandou levantar. Disse que eu tinha que arrumar esposa, casar e ter filhos. Com comida não precisava me preocupar, porque ali não ia faltar, ele disse. Mas casar com quem, eu pensei? Logo uma moça me pegou pela mão e me levou pra dormir com ela na esteira. Era bonita, ficava mexendo no meu pau, no meu saco, como se fosse um brinquedo, sem nenhuma cerimônia. Fiz sexo com ela.

Eu não tinha muita ideia de onde estava, mas ali só tinha índios. Como, se a gente tava no sítio do prefeito, só nós? Como fui parar nessa aldeia estranha? Como rejuvenesci? Se eu soubesse que era bom assim, já teria morrido antes. Será que o céu é um mundo de índios? Foi então que vi uma mulher muito jovem e bonita se aproximar. Tinha traços indígenas, mas não sei por que se parecia muito com umas fotos que vi de minha mãe jovem. Ela veio direto na minha direção, pegou na minha mão e disse: "Filho, você chegou! Está mais gordinho, que bom!".

O hipopótamo de *Don* Pablo

Hacienda Nápoles

Rafael Mendoza Mendes é biólogo formado pela Escola Superior de Ciências de Medellín, tem trinta e oito anos e há cinco trabalha no Departamento Florestal da Colômbia, o DFC. Sua fisionomia é suave, fruto de uma vida com poucas preocupações, a estatura, mediana, os ombros são da mesma largura do quadril, e já se nota um início de calvície, que ele tenta contornar deixando crescer um bigode que suscitou elogios dos colegas do departamento.

Naquele momento olhava incrédulo para a tela do computador: havia sessenta pontos vermelhos piscando onde até a noite anterior viam-se sessenta e um. Isso o colocava em uma situação delicada: um dos hipopótamos sob sua supervisão tinha sumido. Por mais que o paquiderme pudesse fazer alguma vítima, não deixava de achar o fato um pouco engraçado. Afinal, um hipopótamo adulto tinha as mesmas dimensões de um carro popular e pesava tanto quanto um; não era algo que podia sumir debaixo de uma pilha de roupas. Naquele caso específico, uma fêmea, que ele apelidara Rosetta, parecia ter evaporado. Sentado no seu escritório na reserva florestal, situada nas imediações do Parque Temático Hacienda Nápoles, em uma instalação adaptada no que parecia ter sido um antigo galpão — e que servia de centro de controle —, Rafael olhou longamente para o teto, como se as teias de aranha pudessem lhe trazer algum esclarecimento. Sua única missão era monitorar os hipopótamos, e ele falhara.

Sua mente voltou-se mais uma vez para Rosetta. Lembrava-se com clareza de quando, com muito esforço, havia instalado o chip do GPS — um dispositivo importado da Suíça com autonomia de quinze anos e sem necessidade de manutenção — naquele belo espécime ainda jovem, não maior que um boi. Teve a ajuda da 3ª Brigada Paraquedista da Colômbia para localizar e sedar o animal e viu com alegria o sinal aparecer no programa de controle de seu computador. Rosetta costumava ficar na parte central da reserva. Entretanto, nos últimos dias tinha começado a dirigir-se para a região sudeste. Nada particularmente preocupante, sobretudo porque até aquele momento pouco se sabia sobre o comportamento desses espécimes estrangeiros nas florestas sul-americanas. De qualquer forma, os animais pareciam estar bem naquela região, eram dóceis, agradaram-se das plantas locais e aparentavam estar saudáveis.

Os hipopótamos tinham sido trazidos à região por Pablo Escobar, famoso narcotraficante colombiano, que tinha adoração por animais estrangeiros e tentara transformar seu quintal em uma espécie de savana africana. Em um arquivo de aço a que o DFC teve acesso após a conclusão das investigações na Hacienda Nápoles, onde vivera Escobar, havia uma série de informações sobre a alimentação e o trato desses animais exóticos. Esses documentos encontravam-se agora próximos à mesa de Rafael, e ele por vezes os consultava ou os usava para apoiar sua xícara de café. Às margens da fotocópia de um guia técnico de um zoológico londrino, que Rafael encontrou no arquivo, estavam listados os animais que "El patrón" planejava adquirir, e em um mapa do terreno estavam indicados os lugares onde ele pretendia instalá-los e os dias em que pretendia visitá-los: zebras nas terças, rinocerontes e girafas nas quartas, camelos e gnus nas quintas. O domingo era inteiramente reservado aos mimados hipopótamos, seus xodós.

No mesmo arquivo, em uma pasta verde-escura, que continha um caderno espiralado, Rafael encontrou os registros de compra de cada um dos animais. Ao que parece, os primeiros, que deram início à coleção de Escobar, lhe foram dados de presente, mas a maioria fora adquirida de traficantes da costa da República Democrática do Congo, em um entreposto que, por coincidência ou conveniência, já era usado por seus aviões em uma de suas rotas para a Europa. Os animais maiores tinham vindo diretamente em navios cargueiros, que os depositavam em suas grandes jaulas no porto de Buenaventura. De lá seguiam em caminhões até a Hacienda Nápoles, nos arredores de Medellín. Para um cartel que movimentava toneladas de cocaína por dia entre continentes, trazer elefantes e hipopótamos contrabandeados era uma tarefa simples. Os animais viviam soltos dentro do cercado que delimitava a extensa área de floresta da Hacienda e, de acordo com os relatórios dos seis zeladores e dos dois biólogos que trabalhavam no local, eles conviviam pacificamente.

A prisão do traficante e sua morte, em 1993, levaram à expropriação da fazenda, que foi transformada alguns anos depois em um grande parque temático, com quatro hotéis de luxo e um zoológico, onde foram mantidos os animais de Escobar. Todos pareciam ter se adaptado à nova vida, com exceção dos hipopótamos, que, acostumados com os mimos de seu dono, não suportaram o descaso dos novos cuidadores, quebraram as grades e se assentaram na floresta próxima, em meio aos rios e lagos, a reproduzir-se em uma velocidade que espantou a todos. Com medo dos danos que esses bichos estranhos pudessem causar às pessoas e à fauna nativa, inicialmente tentaram caçá-los, mas com os protestos das associações de proteção aos animais decidiu-se transformar a região ocupada por eles em uma reserva, cuja administração ficou a cargo do dito departamento.

Olhando atentamente para uma mariposa capturada pela teia de aranha e que a cada movimento parecia mais longe de se desvencilhar, Rafael lembrou-se do estranho sonho que tivera menos de um mês antes e que agora lhe parecia profético. No sonho, encontrava um filhote de hipopótamo, que logo reconheceu como Rosetta. Ao seu lado, notou um arbusto de *Psychotria viridis*. Quando voltou a olhar para Rosetta, ela havia desaparecido. Logo escutou alguns sons vindos da floresta e caminhou em sua direção. Perplexo, deparou-se com uma procissão, com dezenas de fiéis descalços, vestidos de marrom, com cordas brancas amarradas na cintura. Caminhavam a passos ritmados e entravam em um vilarejo de ruas estreitas cercadas por altos muros de mármore branco. Cantavam em uma língua que ele não compreendia, salvo pelo refrão: "*Viva l'ippopotamo, viva lo spirito*".

No centro da procissão havia um altar com um hipopótamo de ouro, particularmente grande para uma imagem, mas ainda relativamente menor do que um espécime de verdade. Folhas de bananeira, flores de lírios e mamões decoravam o pesado altar, carregado por dez homens que se revezavam no martírio. Por fim, a comitiva chegou ao largo de uma igreja barroca com grandes vitrais e arabescos, e sob os pés de uma estátua de São Gabriel os fiéis depositaram o altar com o hipopótamo. Após um longo canto, um a um, em fila, eles dirigiram-se à estátua, depositaram aos seus pés uma vela acesa e beijaram sua grande cabeça. Por fim, uma menina tímida caminhou devagar até a estátua, subiu em seu dorso e abriu um largo sorriso.

Rafael não pensara mais nesse estranho sonho até aquele momento. Com os olhos ainda fixos nas grandes teias do teto — até onde se lembrava, nunca tinha visto o setor de limpeza demonstrar qualquer interesse em removê-las —, decidiu ler um pouco. Talvez fosse o tempo necessário para o equipamento voltar a funcionar e as coisas se acertarem por si mesmas. Estava sem a menor vontade de passar dias na floresta com os paraquedistas procurando um herbívoro de uma tonelada; além do mais, um animal daquele porte não poderia ir muito longe. Abriu o livro que estava lendo e tomou mais um gole do seu café.

A iniciação

Em total ignorância de tais acontecimentos, vivia, naquela mesma região amazônica, precisamente a oitocentos e nove quilômetros na direção sudeste, perto da cidade de Mitú, às margens do rio Vaupés, Laurindo, que completara dezoito anos havia dois dias. Era um rapaz de estatura baixa, com braços e pernas musculosos e abdome definido, resultado de horas de remo rio acima à procura de peixes. Seus olhos muito juntos, o pequeno nariz e os lábios finos davam ao seu rosto um aspecto estranho, de má distribuição, como se, com um chacoalhar, tudo tivesse se reunido desajeitadamente no centro, deixando um espaço excessivo até as orelhas. Mas isso não o incomodava tanto quanto os cabelos cacheados e claros que transbordavam de sua cabeça e que o tornaram desde pequeno motivo de troça de seus irmãos e primos. Diziam que era filho de um missionário italiano, padre Giacomo, que, vindo diretamente da Tanzânia, vivera ali por alguns anos, com o objetivo de levar àquelas almas abandonadas a palavra de Deus.

Laurindo não chegou a conhecer o padre, que desapareceu alguns meses antes de ele nascer, acusado pelos seus parentes de algo que jamais quiseram lhe contar. Os que o conheceram diziam que era um homem forte, muito alto, com olhos claros e cabelos cacheados como os de Laurindo, e que além de tudo jogava muito bem futebol. Sua mãe, Marcelina, fazia-se de desentendida para esses comentários, embora guardasse, dentro de uma Bíblia despedaçada, uma foto em preto e branco do padre, vestido com sua batina e segurando a cruz de madeira recém-fabricada, que dias depois seria colocada no altar da capela em construção que se via ao fundo.

Marcelina, com seus trinta e seis anos, era uma mulher bonita, de corpo robusto, cabelos longos e pretos, com uma franja que lhe cobria completamente a testa. Trabalhava o dia todo na labuta da mandioca, ocupada em ralar, peneirar e torrar a densa pasta para fazer a farinha que muitas vezes era o único alimento de sua família. Mesmo quando faltava peixe e caça, a farinha estava lá, para ser misturada com água e matar a fome das crianças.

Quando chegou ao Vaupés, vinda do lado brasileiro da fronteira, da missão Iauaretê, para se casar com Augusto, Marcelina era uma menina de catorze anos, mirrada e silenciosa diante do marido dez anos mais velho. Sua língua era diferente da que se falava ali, e ela tinha dificuldade em se fazer entender por seus cunhados e sogros.

A chegada do padre, dois anos depois, deixou-a alegre e aliviada, pois, no trabalho de catequese — sempre precedido pela leitura da Bíblia e de orações, no casebre que lhe fora designado pelo chefe local, seu sogro —, no qual tinha se prontificado a ajudá-lo, sentia-se em casa. Secretamente, do que mais gostava mesmo era dos livros cheios de figuras que o padre tinha em casa, sobretudo um compêndio de animais selvagens, que trazia fotos e desenhos das mais estranhas criaturas. "Será que existem mesmo nesta terra?", ela pensava. "Ou serão bichos que Deus criou para o seu deleite no céu?" O padre era um homem bonito, forte e de pele muito macia, de olhos claros e brilhantes como os dos espíritos de que falavam os pajés de sua aldeia natal.

Quando, no que parecia ser uma manhã como as outras, encontrou o casebre-paróquia fechado e descobriu que o padre tinha desaparecido, não derramou uma só lágrima na frente das pessoas, e por dias controlou seus gestos e expressões para não deixar nenhum sentimento transparecer. Meses depois, nasceu Laurindo, amparado por sua sogra e sua cunhada.

Agora chegara o momento de Laurindo e outros jovens serem iniciados pelos homens mais velhos, por meio de uma sessão de yagé, também conhecido como ayahuasca. Laurindo estava ansioso, talvez fantasiando que ser considerado um homem daria fim ao estigma que vivera até então devido aos cabelos loiros. Ele e os outros iniciandos, rapazes de sua idade, tinham as mãos e os pés pretos, pintados com jenipapo, e as faces desenhadas com diferentes padrões em urucum. Os adornos de penas ancestrais eram gradativamente retirados pelos homens mais velhos de um cesto de palha, que ficava pendurado na parte de dentro do telhado, próximo das panelas, e colocados com cuidado no corpo dos participantes. Por meio daquele ritual os meninos se transformavam nos primeiros homens da terra, os filhos da Anaconda, que em tempos míticos subiu o rio a partir do lago de leite, criando a humanidade.

Depois da segunda cuia de yagé, que lhe pareceu ainda mais amarga do que a primeira, o enjoo ficou insuportável e sua mente, ainda mais confusa. A melodia das flautas soava distante, e naquele momento Laurindo só pensava em se livrar do desconforto que embrulhava seu estômago. Estava suando muito, e suas pernas e mãos tremiam. Caminhou até a floresta que cercava a maloca e vomitou. No silêncio interrompido pelo coaxar de sapos, viu seu vômito escorrer em um rio de leite. Uma descarga elétrica desceu por sua espinha ao enxergar, no lago que havia se formado sob seus pés, o reflexo do seu rosto se transformando em um estranho animal. Das cinco línguas que conhecia, quatro indígenas e o espanhol, talvez só a última pudesse descrever o que via: boi-gordo-gigante. Sentiu um bafo quente, com cheiro de peixe, e em seguida desmaiou.

Quando retomou a consciência, já era dia claro e ele estava deitado na rede. Com os olhos semiabertos e uma forte dor de cabeça, ouvia os sons ritmados das canções dos três velhos pajés que o cercavam, cada qual com seu cigarro, soprando fumaça sobre seu corpo. À medida que sua mente clareava, a imagem do estranho boi-gordo-gigante se delineava. Quando os pajés lhe perguntaram o que tinha visto, mostraram-se perplexos e decepcionados com a resposta: nada de cobras ou jaguares — até uma preguiça seria aceitável —, mas um tal de boi-gordo-gigante simplesmente não fazia sentido. Assim que foi capaz de se levantar, levaram-no até a floresta e o sentaram em uma pedra, dizendo-lhe que ali ficasse até que uma visão mais interpretável aparecesse. Laurindo estava apavorado. Por outro lado, sabia que era preciso mostrar coragem, pois essa era a oportunidade certa para superar seu estigma. Depois de muitas horas de espera, no momento em que o sol se punha por entre as copas das árvores, sentiu mais uma vez o cheiro de peixe e o bafo quente sobre a cabeça. Abriu os olhos e lá estava o monstro.

Menos tonto do que na noite anterior, olhou-o demoradamente, fixando-se em seus olhos miúdos e dóceis. Sua pele era grossa, parecia úmida, e dentro de sua boca semiaberta viam-se dentes muito grandes. Sem dúvida não era um boi. O animal, por sua vez, olhava-o com afeto e lentamente recostou-se no chão ao seu lado. Assim passaram a noite, com o quentinho do corpo do paquiderme a aquecê-lo até o amanhecer.

Laurindo sonhou que estava na beira do Vaupés, sentado em um pequeno porto, com os pés mergulhados no rio. Ao seu lado estava um homem com um lindo cabelo cacheado e vestes marrons. Seus olhos eram claros. Olhava para Laurindo e chorava. Depois de um longo silêncio, o homem falou com uma voz grave e um sotaque estranho. Disse que havia esperado muito tempo para conhecê-lo e que estava encantado em ver como Laurindo se tornara um homem forte e bonito. Confessou a ele que tinha amado sua mãe como nunca amara ninguém e havia desistido da vida na fé por ela. Depois de outro longo silêncio, falou que, ao descobrir a verdade, com Marcelina já grávida, o pai de Laurindo jurara vingança. Ele tinha tentado fugir durante a noite, mas acabara se perdendo na floresta, onde morreu alguns dias depois devido a uma infecção no pé. Laurindo olhou para os pés do homem: o direito estava preto e dele saíam pequenos vermes. Encostou em seu corpo e percebeu que ele era frio como a água do Vaupés. Algum tempo depois, o homem passou as mãos no cabelo de Laurindo. Para o bem de sua mãe e dele próprio, disse-lhe, deveriam sair o mais breve possível da aldeia, pois alguém planejava envenenar Marcelina. Depois disso, os dois ficaram em silêncio e todo o rio começou a desaparecer.

Pela manhã, acordou ao lado do animal, que dormia. Levantou-se com cuidado e partiu em direção à aldeia. Disfarçou o interesse dos pajés dizendo que sonhara com uma anaconda que engolia um grande milho; os velhos puseram-se a fumar e pensar sobre a visão. Foi até sua casa e pediu à mãe que colocasse suas poucas coisas em um cesto cargueiro e dissesse aos outros que ia para a roça rio acima. Marcelina não se mostrou surpresa e seguiu o filho, não sem antes esconder, em meio às roupas, a Bíblia com a foto do padre e o livro, também despedaçado, com as figuras dos animais.

Ao chegar à beira do rio e se deparar com o vultoso animal, Marcelina, para a surpresa de Laurindo, não mostrou espanto algum. Ao contrário, aproximou-se do animal e o acariciou. Era o enviado de Deus, o seu arcanjo Gabriel, o que traz a palavra do Senhor, pelo qual tanto esperara. Dali seguiram andando por muitas noites (pois o bicho cismava em dormir de dia), às vezes um ou outro montado nas costas do animal, guiando-se pelas pedras desenhadas pelos ancestrais no rio Vaupés.

O computador de Rafael no Hacienda Nápoles emitiu um longo apito, que acordou o biólogo de seu cochilo vespertino. Não acreditava no que seus olhos viam: o sinal de Rosetta voltara à tela após quase quatro meses desaparecido, deslocando-se de modo lento e constante em direção ao centro da reserva. Rafael saiu do escritório correndo, tentando, com um binóculo potente, avistar o animal. O pontinho preto ao longe foi ficando mais definido e, para sua surpresa, junto a Rosetta estavam duas pessoas. Quando se aproximaram, ele pôde ver que uma delas, uma mulher, estava montada no animal, sorrindo abraçada ao seu pescoço. A seu lado caminhava um rapaz com um rosto estranho, como se todas as partes tivessem se concentrado no meio, deixando um espaço grande até as orelhas. Sua pele era escura, mas, estranhamente, seus cabelos eram claros e cacheados.

Dezembro

Ao pôr do sol José sentiu novamente os calafrios que o atormentavam havia mais de uma semana, acompanhados de dores de cabeça e nas juntas, febre e muito enjoo. Encontrava-se deitado em sua rede, dentro da grande casa coletiva de uma aldeia no interior do estado do Amazonas, não muito distante do rio Juruá. Nascido e criado em Nova Iguaçu, no Rio de Janeiro, fazia quatro meses que estava ali, coletando dados para sua tese de doutorado em antropologia social. Programara-se para ficar um total de seis meses nessa viagem, a terceira e provavelmente a última que faria, pois, com os cortes drásticos das verbas de pesquisa, sabia que não teria dinheiro para voltar.

Tinha certeza de que estava com malária e começara a tomar as pílulas de quinino que levara consigo. Mas elas estavam acabando, e ele, além de estar ficando surdo, não via melhoras. Já sem forças para se levantar da rede, viu Torá, seu irmão indígena, aproximar-se dizendo que iria levá-lo em sua canoa até as margens do rio Juruá, para que pudesse conseguir um barco a motor que lhe desse carona para a cidade mais próxima, rio abaixo, onde encontraria um hospital. No igarapé que banhava a aldeia não passavam barcos, somente canoas, e estas, mesmo quando movidas por motores de rabeta, demorariam mais de uma semana para chegar à cidade. Em seu estado, ele não suportaria uma viagem daquelas.

Deitado na canoa de Torá, José nem reparou quando chegaram a um casebre na beira do rio Juruá, a única casa ainda ocupada da pequena vila que antes existira ali. Esperavam encontrar um rádio amador ou ao menos um bote a motor para levá-lo à cidade. Mas logo descobriram que não havia ali nenhum dos dois. A casa pertencia a Rodemar Cordovar, que vivia com sua esposa, Adélia Cordovar, e duas filhas, de nove e onze anos. Após conversar com Torá, Rodemar permitiu que ele pendurasse na varanda a rede de José, na qual esperaria pela morte ou pelo próximo barco, o que viesse primeiro.

O calendário de papel plastificado que enfeitava a parede da casa, do lado oposto ao fogão a lenha, entre duas fotos coloridas do casal com as filhas, também plastificadas, exibia a folha do mês de dezembro. Estavam perto do Natal, e José não sabia se viveria para ver o ano seguinte. Uma de suas poucas alegrias naqueles últimos dias na aldeia tinha sido ouvir em seu MP3 um álbum com os maiores sucessos de Milton Nascimento, usando as pilhas AAA que lhe restavam. Escutava repetidamente "Canoa, canoa", com uma mistura de esperança e desilusão: "canoa canoa desce no meio do rio Araguaia desce...".

Ao cair da primeira noite, Rodemar foi até a rede de José levando uma xícara de café e sopa de inhame em um prato de ágate branco. Sua mãe havia lhe ensinado que o inhame era bom para o tratamento da malária, embora pouco pudesse fazer em casos mais avançados. Não custava tentar, ainda mais porque a sua roça estava cheia de inhame. De qualquer forma, José tinha pouco apetite, e foi com dificuldade que conseguiu engolir algumas colheradas da sopa. Rodemar esperou, em silêncio, que ele acabasse de comer, enrolando seu fumo de rolo em uma folha do caderno de uma das filhas que, desde que a escola da vila tinha sido fechada, só servia pra isso. Assim que José largou o prato no chão, Rodemar acendeu o cigarro e começou a falar.

— Sabe, Zeca; você se incomoda que eu te chame de Zeca? Zé não é um nome muito bom pra eu te chamar. Teve um mateiro aqui no rio que se chamava Zé da Mata. Sujeito estranho, sabe? Ninguém aqui gostava muito dele. Bem, gostar se gosta de uma mulher ou de um parente, de gente estranha não precisa gostar, mas a gente também não costuma desgostar. No caso dele era mais medo, sabe? Um frio na barriga que vinha quando ele tava por perto e olhava com aqueles olhos grandes meio amarelados que ele tinha. As crianças até choravam, quer dizer, as crianças pequenas choravam. Não sei de onde ele veio. Aqui não se pergunta muito do passado. As pessoas chegam e pronto. O que fizeram antes, passou. O finado Cleiton, por exemplo, que morava ali pra baixo, naquela casa verde, ali, depois do cajá. Você vai ver quando for dia, o sol nasce bem atrás da casa. Não morava sozinho, veio pra cá com uma mulher, mas ela foi embora depois, não aguentou. Ele tinha uns hábitos estranhos, sabe? De gente perseguida. Acho que fez alguma coisa muito grave e tinha medo de que viessem cobrar, por isso não dormia. Passava a noite toda na varanda, com a espingarda carregada escondida no telhado e um revólver dentro da calça. Sei disso porque ele me mostrou um dia, tinha confiança em mim. Ficava olhando o rio, esperando que viessem cobrar. Acho que ele torcia pra isso, pra ficar livre do esperar. Ah! Mas não era do finado Cleiton que eu queria falar, mas do Zé da Mata. Ele foi embora um dia, ninguém mais soube dele. Como veio, saiu. Um dia tava e no outro desapareceu. Ih, dormiu, Zeca? Não vou mais te atrapalhar, descansa um pouco, amanhã quem sabe passa um barco.

José conseguiu dormir melhor naquela noite. Ouvir histórias quando estava de olhos fechados o lembrava da infância e de sua avó Janice, que o fazia dormir contando histórias da pequena cidade maranhense em que tinha sido criada. A lembrança o fez sonhar com o cheiro de pão quente e, ao acordar, sentiu uma pontada de tristeza ao pensar que talvez nunca mais comesse pão. Subiu-lhe novamente aquele gosto quente na boca, que o fez virar para o lado e vomitar numa lata de tinta enferrujada que Rodemar havia posto ao lado da rede. O líquido aguado que saía de sua boca estava ficando esverdeado.

Passou o dia seguinte prostrado na rede, dormindo e acordando, com os ouvidos aguçados — tanto quanto a sua surdez medicamentosa o permitia — para qualquer som diferente vindo do rio que lhe trouxesse esperança. As duas meninas entravam e saíam da casa, carregando facões e enxadas para ajudar os pais na roça. A mais nova gostava de pescar e saiu depois do almoço com uma linhada para a beira do rio. De tardezinha, Rodemar voltou da roça carregando um jacu, que foi cozido com macaxeira. Banhou-se no rio e veio se sentar ao lado dele, enrolando seu cigarro em silêncio. Sem forças para puxar conversa, José, de olhos fechados, ansiava por suas histórias.

— Zeca, tá acordado? Ah, mexeu a cabeça um pouquinho, então é porque tá vivo. Gostoso esse jacu, né? Vi que você comeu um pouco! Isso! Separei o fígado pra você, vai ajudar, o que não mata, melhora. Vou te contar, isso de morrer não é fácil, não. A gente pensa que é só deitar e morrer, mas às vezes a morte não vem, exige esforço. Meu finado compadre Severino me disse que ficou sabendo que a mulher do finado Cleiton, de tão entristecida com a vida, foi parar no mato ali adiante, na parte mais fechada, e se deitou em um tronco caído. Ficou assim por dias, não bebia nem comia, esperando morrer. E não teve sorte, a coitada. Nem as onças que perambulam por ali se aproximaram dela. Acho que bicho não gosta de gente triste. Por isso é que caçador com panema, já com a alma corroída por aquele azar, aí é que não consegue mais matar caça. Já chega com a cabeça baixa, encurvado, com o olho turvo que não enxerga direito. Os bichos não chegam perto. Igual gente que não gosta de doente, do cheiro de sofrimento. O bicho sente esse cheiro, sente de longe. Daí é que a mulher ficou lá por dias, parece que sem se mexer. De vez em quando abria o olho pra ver se já tinha morrido. Mas deu azar, ou sorte, sei lá. Dois caçadores passaram pelo mato e encontraram ela ali, já meio desmaiada, mole que nem você, Zeca. Arrumaram um pano e levaram ela pendurada. Foi preciso tempo pra ela começar a falar de novo, e a primeira coisa que disse foi que não queria voltar pra casa do marido. Aceitaram a vontade dela e levaram ela pra trabalhar em uma fazenda.

"Você acha que a minha voz tá muito baixa, Zeca? Posso falar mais alto se você quiser, difícil de ouvir, né? Tá com as orelhas ruins. Seu xará, o Zé da Mata? Pois nem gosto de falar nele de noite, pra não arriscar meu sono. O que se fala é que ele era amancebado com bicho. Matava de tudo muito. Não saía do mato sem caça. Tinha vez que ficava três, quatro dias lá dentro. Teve uma que ele voltou com três tatus. Eu tava aqui nessa varanda quando ele veio, passou aqui na frente, tinha dois tatus amarrados nas costas, juntos, eles eram maiores que ele, e o pequeno na mão. Era um casal e o filhote. Não vi espingarda, não, mas não quis perguntar nada porque fiquei com medo, ele tava todo coberto de sangue.

"Meu finado compadre Severino era mais chegado no Zé. Os dois gostavam duma bebidinha, sabe? Aí se juntavam, e com a cachaça quem é mais calado vai se soltando. Eles se sentavam naquela canoa velha virada. Bêbado sozinho é triste, mas em companhia é diferente, tem uma alegria na tristeza. Meu finado compadre depois me disse como o Zé matou os tatus. Levou arma não, não gostava. Dizia que o barulho assustava os animais. Ia pro mato só com um facão. Tava indo olhar umas armadilhas de cotia que tinha deixado com isca quando viu o rastro fresco, seguiu e encontrou um buraco de tatu, perto do barreiro, assim de grande. Ficou lá esperando anoitecer pro bicho sair, mas não saiu, animal sente quando tá sendo vigiado. Quando já tava amanhecendo, o Zé fez um foguinho na frente do buraco e foi jogando as brasas lá dentro, pra fazer fumaça. O primeiro que saiu, ele meteu o facão na cabeça de uma vez, matou. Mas sabe como é dura aquela carapaça do tatu, quebrou o facão dele, tava velho. Aí ele puxou o tatu pro lado e não teve nem tempo de procurar a lâmina, que tinha voado longe, e já veio saindo um outro tatu do buraco. Ele não pensou duas vezes, pulou em cima, virou ele de lado, teve que usar as mãos pra segurar as patas do bicho, que tentava furar ele com aquelas unhas grandes. Parece que o Zé virou bicho, só de pensar me dá calafrio. Com as mãos ocupadas ele decidiu morder o tatu na parte da frente do pescoço, que é a única parte mole. Fincou os dentes todos e apertou, não largava. Foi saindo sangue até ele conseguir arrancar um pedaço, arrebentar a pele e as veias, até o bicho morrer. Acho que ele pegou gosto em ser bicho. Logo depois saiu do buraco um tatu pequeno. Não precisava de faca pra matar, era filhote, podia matar com uma paulada ou levar vivo mesmo, sei lá, mas ele agarrou e mordeu o pescoço, acho que de raiva pelas unhadas que tinha levado do outro, não sei, só sei que assim foi a família toda.

"Voltou coberto de sangue, com as costas todas cortadas. Passou por aqui, largou um dos grandes e disse entre os dentes: 'Pra tu e pro Bil', que era como ele chamava o finado compadre Severino. Nem deu tempo de agradecer, que ele já tinha se ido. Tava bom aquele tatu, carne gostosa. O Zé era esquisito, mas era generoso com a gente. Vivia afastado, bem depois da casa do finado Cleiton, que se avista daqui. Falava pouco, quase nunca. Não tinha mulher, não, acho que não gostava muito de gente. Minha mulher ficou com pena dele, ofereceu pra lavar as suas roupas. Ele não disse nada, mas passou a deixar toda semana um saco de roupa aqui em casa. Às vezes deixava um macaco ou um pedaço de anta, teve vez que deixou uma capivara inteirinha mais um filhote. Não deixava fugir. A carne que a gente ganhava era boa, mas Adélia sofria pra lavar aquelas roupas, era sangue e mais sangue, sangue por todo lado. Parece que ele pegou gosto em morder os bichos. Adélia ficava horas esfregando, saía o grosso, mas as manchas continuavam lá. Ele não parecia se incomodar com isso. Nunca reclamou. Zeca, tá acordado? Tudo bem, descansa, quem sabe amanhã passa um barco?"

José novamente dormiu bem, sonhando muito. Dessa vez foi com a festa de Natal na casa da avó, onde ele passava todas as férias de sua infância, com a irmã e os três primos. A casa ficava em um sítio, na estrada para Magé. Lá seus avós tinham plantado um monte de árvores do Maranhão. Tinha açaí, buriti, cupuaçu, pitomba. Passavam as férias subindo em árvore e comendo frutos, descalços. José sempre achou que aquela experiência no sítio dos avós foi determinante para sua escolha profissional. O cheiro dos frutos da Amazônia ficou impregnado na sua pele e o chamava para lá. No sonho, sua avó havia arrumado uma linda mesa de Natal, com um jacu enfeitado com ameixas e pêssegos em calda, e um presunto com fatias de carambola com uma cereja no meio. Ao lado, pratos cheios de rabanadas feitas por ela, as melhores que ele já provara até então. Estavam todos lá, seus pais, sua irmã, seus primos, inclusive Torá. Falavam alto, serviam pratos fartos, com os dois tipos de carne acompanhados de arroz com passas.

Acordou outra vez com um gosto ruim na boca e vomitou o líquido verde, que parecia um pouco mais escuro. Agora tinha dado para sonhar com comida todas as noites, embora não sentisse fome e não tivesse apetite. Era como se quisesse se despedir dos gostos, dos cheiros.

Passou o dia deitado na rede, levantando-se somente para fazer xixi no matinho perto da casa. Volta e meia uma das meninas parava ao seu lado e perguntava se ele queria água. A mais nova lhe trouxe macaxeira cozida, que ele mal provou. Ao entardecer, Rodemar entrou na casa, dessa vez trazendo uma paca pequena. Enquanto as meninas destripavam o bicho, ele foi se banhar no rio. De volta à casa, sentou-se ao seu lado trazendo um prato de inhame e começou a enrolar seu cigarro. Enquanto isso a paca assava no moquém.

— Ô Zeca, como você tá hoje? Tá amarelando um pouco, né? Se fosse fruta, já tava madura. Aceita um traguinho do cigarro? Melhor não, né? Vai comer o inhame? Que beleza, assim vai ficar bom! A gente tem que ter cuidado com o que põe pra dentro. Veja meu falecido compadre Severino, o Bil. Comer, não comia muito, mas bebia. Quando a cachaça acabava, era perfume, álcool de motor e até gasolina. A mulher dele é que sofria depois. Apanhava, a coitada. Teve uma vez que ele foi pescar na rabeta com o filho mais velho, o meu afilhado, o Netinho. Ah, ele era um bom rapaz! Que saudade eu tenho dele! O menino tava colocando mais gasolina no tanque, mas parecia que a mangueira do galãozinho tinha entupido. O compadre, bêbado, acendeu um cigarro na hora mesmo que o filho soprava a mangueira pra desentupir. Foi uma explosão danada, um barulho alto, deu pra ouvir daqui. Eles ainda estavam perto do porto. Não gosto nem de lembrar. O compadre ficou bem, Deus protege os doidos, acho que ele nem entendeu o que aconteceu direito, mas o Netinho ficou com o corpo todo queimado, a gasolina agarrou nele, na camisa, no cabelo. Morreu na hora. Pra minha comadre Jussara foi a gota d'água, ver o menino todo tostado. Falou que ia embora, mas o finado Bil não deixou. Daqui ouvimos uns pratos quebrando, uma gritaria. No dia seguinte ela decidiu ficar, ou disse que decidiu, minha mulher me contou depois. Daí que ela fez um feijão pro meu compadre cheio de vidro moído do prato que ela fingiu varrer. Por isso eu te digo, Zeca, comida é perigosa se for demais. O que salvou o compadre foi que ele comia pouco, foi comendo o feijão aos poucos. No final o danado deixou o prato quase cheio, mas querendo agradar a mulher disse que estava uma delícia. Vaso ruim não quebra.

"Essa história foi de antigamente, no tempo do Zé. Naquela época o finado Bil vivia com a mulher aqui na frente, numa casa amarela, não dá pra ver porque queimou tudo, só sobrou o chão e meia parede. Não queimou de azar, não, nem de descuido. Foi o demônio no corpo do compadre que incendiou aquela casa. Jogou gasolina nas paredes todas, no meio da noite, acredita, com a mulher e as crianças dentro. Sorte que eles escaparam, saíram meio chamuscados e foram pro mato. Todo mundo aqui ajudou na hora de apagar o fogo, trazendo água nos baldes. Foi uma correria. Menos o finado Bil, que ficou encostado na canoa, rindo de gargalhar, com os olhos virados. Foi o Zé que foi lá resolver aquilo, ninguém conseguia chegar perto dele, mas o Zé subiu por detrás da árvore e pulou em cima de vez, agarrou ele pelo pescoço e arrastou pro mato. Foi a última vez que eu vi meu compadre. O Zé voltou sujo de sangue, mas triste, eles eram amigos, sabe? De se falar pouco e beber muito. Ô Zeca, eu vou me retirar, que os mosquitos já tão me incomodando. Abaixa esse seu mosquiteiro velho e reza pra ver se vem um barco, você tá precisando."

José não sabia rezar. E não foi por falta de catecismo, pois desde pequeno estudara em colégio de padres, da alfabetização ao ensino médio. Sempre teve religião como matéria que valia nota, precisou decorar trechos bíblicos e saber da vida de santos e santas. Isso sem falar das missas a que era obrigado a assistir duas vezes por semana, fora a dos domingos, levado pela mãe, na igreja Nossa Senhora do Perpétuo Socorro, que ficava perto de sua casa, em Nova Iguaçu. Talvez por isso mesmo, por tanta obrigação, nunca tenha gostado daquilo, daquelas conversas dos padres, dos sermões que não acabavam nunca, da hóstia grudando no céu da boca, e ele sem poder tirar com a mão, porque era pecado. E se mordesse, pior ainda, podia sair o sangue de Cristo, e aí é que ele estaria condenado para o resto da vida.

Desde que se livrou do colégio e entrou no curso de ciências sociais da Universidade Estadual do Rio de Janeiro, a UERJ, nunca mais pôs os pés em uma igreja ou rezou. Se bem que agora, nesse aperto em que estava, bem que queria saber rezar, mas as palavras não saíam de sua boca. Não conseguia imaginar Deus, nem Jesus, nem santo. Pedir sem saber para quem é difícil.

Cansado e com muita febre, desistiu de pensar e caiu em um sono agitado, permeado por visões estranhas. Dessa vez quem lhe apareceu foi a sua família indígena, com quem tinha convivido por todos aqueles meses, dormindo em sua casa e comendo sua comida. Seu pai, Wetamo, estava sentado em um banquinho, fumando um cigarro comprido e cantando uma música que ele não entendia. Ao seu lado, o irmão Torá o acompanhava. O rosto deles estava pintado com urucum e jenipapo, e traziam na cabeça cocares de penas de arara-vermelha. De repente a música parou e Wetamo começou a falar de modo claro, como que se dirigindo diretamente a José:

— Meu filho, você está vivo ainda. A espingarda .22 que você deixou pra mim tem tido uso. Matei ontem um macaco-prego com ela. Vai acabar a munição, se você conseguir chegar vivo na cidade, não se esqueça de mandar mais pra mim. Pode pedir pra deixarem na casa do Rodemar mesmo, que eu falo pro teu irmão pegar. Meu filho, toma cuidado aí. Não é a sua febre que me aperta o coração agora, mas o homem que acompanha onça que anda aí por perto. Dizem que ele sumiu, mas não é verdade. Ele não é gente, não, só parece. É onça mesmo. Hoto, o meu primo pajé, já viu ele no mato, matando bicho com os dentes. Acabava de matar e bebia o sangue todinho, onça de verdade, não é de mentira, não. E eu já te contei que onça voa, não contei? Não para quieta, cada salto que dá faz ela voar longe. Anda por aí tudo, até nas cidades. Não deixa chegar perto porque aí você vai é morrer nos dentes dela.

José acordou sobressaltado, mas tão fraco que não conseguiu se levantar da rede e urinou ali mesmo dentro da lata de tinta. Logo depois, vomitou em cima. Colocou o MP3 para tocar "Canoa, canoa". Como tinha se metido em uma situação daquela? Deveria ter escutado os colegas que diziam que aquele povo que ele resolveu estudar vivia longe demais, muito isolado, que era arriscado ir assim tão longe, sem ao menos levar um telefone via satélite. E os remédios? Havia tantos naquela caixinha, menos a dose suficiente de quinino. Como não pensou em levar uma quantidade extra? Onde estava com a cabeça quando saiu de sua casa com quintal, perto do centro de Nova Iguaçu, com comércio na porta, padarias e farmácias, para se meter no meio do mato? Agora ia morrer ali e nunca mais ia ver a mãe, que tinha lhe pedido para não ir para tão longe, tinha até chorado no dia de sua partida. Devia ter escutado.

Virou para o lado e vomitou mais uma vez. A filha mais nova de Rodemar chegou com um caneco de água e deixou embaixo da rede, do lado oposto da lata de vômito e urina. Logo depois,

Adélia se aproximou com uma bacia de água com um ramo de folhas dentro. Agachada do lado dele passou as folhas molhadas em seu corpo, do pescoço ao pé. Depois molhava mais e passava de novo. Enquanto isso, parecia rezar, mas tão baixinho que ele, meio surdo que estava, não conseguia ouvir. O cheiro era bom e o molhado deixava o seu corpo mais fresco, tirando um pouco do cheiro de vômito que o acompanhava havia tantos dias. Nessa hora, sentiu esperança. Quem sabe ia passar um barco e ele chegava em casa para o Natal? A primeira coisa que ia fazer era olhar bem para cada pessoa, para reconhecer, acreditar que era verdade. Abraçar a mãe, o pai, sentir o cheiro da colônia de rosas que eles usavam. Deitar no seu quarto, que ainda tinha uns bonecos do seu tempo de menino, se esticar bem na cama macia, virar para lá e para cá. Depois ia para a rua ver os vizinhos, tomar uma cerveja na mercearia do Chico, com um pão na chapa com queijo de minas. Parecia que o enjoo tinha melhorado. Mesmo acordado ele pensava em comida. Pipoca, nutella, pizza, sorvete de morango, creme de abacate! Sentiu-se mais firme para levantar e fazer xixi no matinho. Aproveitou para jogar fora a urina com vômito da lata, porque o cheiro estava muito ruim. Deitou-se de novo, mais desperto, com uma ponta de esperança.

Ao entardecer, ouviu novamente o barulho de Rodemar chegando, as vozes das filhas dele, e sentiu o cheiro da fumaça.

— Boa noite, Zeca, te assustei? Você tava dormindo? Não quero te atrapalhar, vou-me indo então! Ah, é pra ficar? Eu fico. Essa hora eu gosto de olhar pro rio, essa coisa que tem no movimento dele me acalma. Não sei dizer, quando eu era pequeno minha mãe falava que eu chorava muito, e às vezes só parava quando ela me colocava dentro de uma canoinha velha, que ficava na frente da casa. Ela sentava ali descascando a mandioca e com os pés balançava a canoa pra eu dormir. Até hoje eu gosto de deitar numa canoa, quando os mosquitos deixam.

Quando a noite tava bonita, eu botava na água aquela canoa parada ali no porto e ficava deitado, escutando os bichos, nem pescar eu pescava. Isso era bem antigamente. Agora esse barco me lembra do finado Bil e dá uma tristeza.

"O que eu ia te falar mesmo? Já ia me esquecendo. Esse negócio de acordar assustado. A gente tem que ter cuidado com essas coisas. O finado Cleiton ficava a noite toda na varanda com uma lamparina a querosene com a chama bem baixinha, esperando. Dormir, ele não dormia, mas dava umas cochiladas rápidas, assim de fechar os olhos e abrir de novo. Um dia, faz tempo, acordou com barulho, que nem você hoje, assustado, já meteu a mão no telhado e pegou a espingarda. Viu uma sombra de bicho passando pela casa dele, indo na direção de onde o Zé morava. Foi seguindo com a espingarda e uma lanterna, o bicho ouviu os passos dele e subiu numa árvore grande num pulo só. O finado Cleiton foi devagar, chegou de longe e, quando jogou a luz, viu aqueles olhos grandes de onça e disparou no meio deles. A onça morreu lá em cima mesmo. Aqui nunca foi de vir muita onça, mas tem esses casos, sabe? De manhã foi preciso dois subindo lá na árvore pra pegar o bicho. As crianças ficaram assustadas com o tamanho daqueles dentes. Mas era bonita, com todas aquelas pintas. A minha mulher queria o couro, pediu pra eu comprar, mas falei pra ela não se meter com isso. De toda forma, o Zé não deixou ninguém encostar nela. Era esquisito, não te falei? Tava todo mundo aqui reunido vendo a onça morta, quando o Zé chegou do mato trazendo uns cinco jacus. Foi chegando pra ver o movimento, mas quando ele viu o bicho morto, largou os jacus todos no chão e foi correndo na direção da onça. Mas o homem entristeceu, de chorar! Ficou ali agarrado com a onça. Ninguém disse nada quando ele se levantou, pôs a onça nas costas e foi levando. Um menino, filho da Nalva, disse: 'Ô Zé, deixa eu pegar um dente desses?'. Mas o Zé olhou pro menino com uma raiva que não precisou nem botar a mão no facão pro garoto sair correndo. E os jacus ficaram ali na frente, jogados. O finado Cleiton veio aqui falar comigo ainda naquele dia, saudade dele, perguntando pra mim se ele devia ir lá falar com o Zé pra pegar o couro dele. Ele é que tinha matado. Eu desaconselhei, sabe? Onça é melhor não se ter por perto, nem se for só o couro. Mas ele não deu muito ouvido, não. Foi a última vez que falei com ele. No dia seguinte não tinha mais Cleiton. A gente até esperou pra ver se ele voltava, mas depois de um mês nós fomos lá e pegamos as coisas dele pra repartir.

"Ô Zeca, não se preocupa não, se você desaparecer, ninguém vai pegar suas coisas, não. Você é pessoa importante, o índio me disse que é doutor, vai dar tudo certo, vai passar barco. E se não der, a gente embrulha suas coisas e manda pros seus parentes. Deixa um endereço anotado pra garantir, né? Mas por agora é melhor descansar. Dorme, doutor, olha a lua nascendo!"

José apertou nas mãos o seu único bem, o aparelhinho de MP3. Pelos seus cálculos, em dois dias seria Natal. Pensou na mesa farta da casa da avó e nas vozes altas das pessoas conversando. Lembrou-se da árvore de Natal prateada, com imitação de neve, enfeitada com bolas de vidro azuis. Colocou os fones de ouvido e escolheu a música de sempre, "Canoa, canoa". Adormeceu enquanto tentava cantarolar.

A epidemia

O lago

Luli era uma menina de cabelos curtos, olhos pequenos, sorriso largo, membros longos e manchas vermelhas pelo corpo. Tinha treze anos. Como os outros meninos e meninas de sua aldeia, adorava banhar-se no rio. Entretanto, eles não gostavam de se banhar com ela. Suas manchas tinham sido causadas, de acordo com os mais velhos, por sua mãe não ter respeitado os tabus alimentares na gestação.

Mesmo tendo ouvido, desde pequena, que o lago rio acima era um lugar muito perigoso, pois lá moravam uma grande cobra e alguns jacarés, Luli ia sempre para lá. Sozinha, arrastava sua pequena canoa pelo pedaço de terra que separava o lago do rio na seca. Os jacarés que ali viviam nunca se importaram com ela, banhando-se ao sol, fingindo-se de troncos, esperando uma capivara desaventurada vir se refrescar na margem para abocanhá-la. Mas, por segurança, Luli nunca mergulhava, usando sempre a canoa para atravessá-lo.

No meio do lago ficava a sua balsa, feita de galhos amarrados com cipós. Ali ela passava horas sem pisar na terra, salvo por algumas expedições até as margens para conseguir iscas para pescar piabas. Lá mesmo, em sua pequena ilha flutuante, fazia uma fogueirinha para assar e comer uma parte dos peixes e, claro, espantar os mosquitos. Aquela era a terceira balsa que fizera, pois as últimas duas haviam se perdido nas cheias, quando o rio subia e se juntava ao lago. Dessa vez caprichara em sua construção. Conseguiu seis galhos grandes, que amarrou com cipó e linhada de pesca, passou caucho nas juntas, para que entrasse menos água, e improvisou uma âncora com uma pedra. Pela primeira vez fizera uma cobertura com folhas de palmeira, o que lhe permitia assar seus peixes mesmo com chuva. Genuinamente orgulhosa de seu trabalho, não se cansava de admirar a balsa.

Quando não conseguia uma canoa sem uso para ir até o lago, Luli deixava as roupas na margem do rio que banhava a aldeia e nadava até o outro lado, onde subia em uma árvore grande que lhe servia de trampolim. E assim se passavam os dias.

Num deles, voltando do lago, Luli parou para brincar com suas irmãs, que ajudavam a mãe na lavagem de roupas à beira do rio. Só mesmo elas não se importavam em banhar-se com Luli. Sua mãe, Aldilene, aproveitou para pedir sua ajuda, e lhe entregou um pedaço de sabão azul e uma camisa vermelha de manga curta, abotoada na frente. Com água pela cintura, Luli reparou que a camisa estava desbotando, pois a água em torno dela estava vermelha. Torceu-a e colocou-a sobre a canoa emborcada na beira do rio, que servia de suporte para as lavadeiras e seus apetrechos. Afastou-se um pouco da margem e mergulhou até o fundo, para molhar os cabelos. Ao emergir e olhar novamente para a água, surpreendeu-se por ela continuar vermelha. Achou que estava ferida e gritou pela mãe. Aldilene largou na canoa o lençol que torcia com a ajuda de uma das filhas e foi até ela. Retirou-a da água e colocou-a de pé na margem para examinar seu corpo e descobrir o que se passava. Logo um sorriso iluminou seu rosto: o sangue escorria por suas coxas. Luli menstruara pela primeira vez.

Já em casa, a mãe lhe explicou que iriam começar os preparativos para a sua reclusão, pois a primeira menstruação de uma moça exige muitos cuidados. Caso contrário, a forma humana da chuva, furiosa, cobriria a terra de água. Um espaço exclusivo foi preparado para ela, uma espécie de casa dentro da casa. Sobre uma esteira no chão, colocaram de pé uma outra ainda maior, enrolada de modo a formar uma espécie de tronco cônico oco, fechada em cima, mas aberta da base até mais ou menos a altura de Luli sentada. Seu trançado imitava a cauda do jaguar.

Com Luli já dentro da esteira, a mãe, a avó e a irmã mais velha trouxeram-lhe uma cumbuca com um caldo de peixe magro e farinha, que ela deveria comer longe do olhar dos homens. Ao ouvir a filha reclamar da comida insossa, Aldilene sentou-se na sua frente para explicar que, com a menstruação, ela havia perdido todas as pedras que levava dentro do corpo, que tinham sido colocadas ali por um xamã quando ela era bebê. Eram as vacinas para os alimentos que lhe permitiam comer de tudo sem adoecer. Teria que aguardar o ritual que marcaria o fim da sua reclusão para receber novas pedras e aí então estaria liberada. Até lá tampouco poderia ter contato com a luz do sol, pois sua pele deveria ficar branca como a de um recém-nascido.

O que mais aborrecia Luli, entretanto, era saber que, ao sair dali, seria oferecida como esposa para um rapaz, aquele que a carregasse por mais tempo nas costas durante o ritual. "Como as qualidades de seu pretendente poderiam ser medidas por sua capacidade em carregá-la como um cesto?", pensava. Ao sair da reclusão, teria que deixar de fazer tudo o que mais gostava na vida, que era ir até a sua pequenina ilha no lago e passar os dias pescando. Daquele momento em diante, teria que se dedicar a atividades exclusivamente femininas, como preparar mingau de banana e cozinhar os animais caçados pelo marido, o carregador de cesto, além de lavar suas roupas.

Esses pensamentos e a comida sem graça a deixavam triste e calada. Todos os dias pareciam iguais. Embora ouvisse toda a conversa animada das mulheres da casa, só lhe davam atenção no momento em que vinham lhe trazer as refeições. Passava o tempo pensando nas melhorias que poderia fazer em sua ilha. Se o seu futuro marido colaborasse e conseguisse alguns galhos bem retos e muitas folhas de palmeira, poderia ampliá-la para ter espaço para armar uma rede, cobrindo-a com um bem-feito telhado de palha trançada.

Assim que sua menstruação cessou completamente, cinco dias depois da lua nova, seu pai levou-a nas costas até o rio, para que se banhasse. Luli aproveitou para mergulhar até o fundo e enfiar os dedos na areia.

Passado mais de um mês, começaram os preparativos para sua saída da reclusão. O pai e o tio confeccionaram para ela dois pequenos bancos com desenhos em vermelho e preto, um para se sentar e outro para colocar os pés. Na véspera de sua saída, as mulheres pintaram o corpo de Luli com urucum e jenipapo. No dia seguinte, colocaram sobre a cabeça dela um grande chapéu cônico de palha que cobria seus olhos e vestiram-na com uma saia comprida também de palha. Seu pai a carregou nas costas até a casa ritual, no meio da aldeia, e a sentou no banquinho.

No centro dessa casa sem paredes, cercada por todos os parentes e vizinhos, além de alguns visitantes de outras aldeias, Luli se sentia um pouco distante, como se estivesse vendo toda aquela cena do alto. Seu pensamento estava no lago. Se pudesse, remaria para lá naquele instante, deixando tudo aquilo para trás.

Os cantos femininos se intensificaram, e logo se aproximou o primeiro pretendente, um jovem baixinho e atarracado, com braços fortes e mãos enormes. Luli percebeu que, como estava com o corpo todo pintado, suas manchas ficavam menos visíveis. O rapaz na sua frente, com uma grande tipoia de palha na cabeça, que lhe descia pelas costas, foi o primeiro homem a olhá-la com verdadeiro desejo, desprovido de medo de contágio. Luli acomodou os joelhos flexionados na extremidade inferior da tipoia e se agarrou ao pescoço do rapaz, que começou a dançar. Descobriu então que não se sentia exatamente como um cesto ao ser carregada daquela forma, mas como um animal caçado, inerte, levado nas costas do caçador, colado ao seu corpo. Em seguida, os xamãs inalaram o rapé cerimonial — um pó de tabaco misturado com *Virola* macerada, potente alucinógeno — e os seus espíritos auxiliares começaram a chegar, cantando músicas junto com as mulheres. Então pediram a Luli que também inalasse o rapé. Embriagada e tonta, ela perdeu os sentidos e desmaiou.

Luli sonhou que estava em sua balsa no lago e via de longe se aproximar uma canoa com um homem branco, magro e alto, usando roupas rasgadas e com horríveis marcas de feridas na pele. Quando chegou perto dela, guardou o remo dentro da canoa e falou em português:

— Menina, onde estou? Isso é um lago ou um igapó? Deve ser bom para pescar! Bela balsa! Foi você quem construiu? E essas suas pintas? Coçam? Não? Que bom! A verdade é que não me sinto muito bem. Tenho a impressão de que devo estar morto, ou quase. Não se assuste! Escute, tem um garimpo rio acima. Estão todos doentes, todos estamos. Começou há uns dez dias, ou duas semanas. Eu já não sei. Estava deitado na rede havia muitos dias, piorando a cada um que passava. Ninguém lá consegue se levantar, não dá para remar. Quando eu morrer — acho que não estaríamos tendo essa conversa se eu fosse sobreviver —, eles lá no acampamento não vão cavar uma cova, vão jogar o meu corpo no rio. Escute, menina! Isso é muito importante! Se algum cadáver descer o rio e passar pela aldeia, vocês devem incendiar, tacar fogo, de longe. Jogar gasolina, muita gasolina. Deixem queimar bem, até virar carvão. É uma doença muito ruim.

A voz do homem foi ficando cada vez mais distante e, por fim, Luli despertou. Ao abrir os olhos, percebeu que a música tinha parado e muitas pessoas se encaminhavam em direção à floresta, com quatro homens à frente puxando um cadáver enrolado em uma rede. Assustada, gritou para que eles voltassem, contando sobre o aviso que recebera no sonho. Mas era tarde demais; já estavam longe.

Terminado o sepultamento, com todos comentando sobre o ocorrido enquanto se lavavam no rio para tirar a sujeira do morto, o pai de Luli a levou nas costas novamente para a reclusão. O ritual teria que ser repetido um mês depois, pois aquele não tinha dado certo. O aparecimento de um cadáver, ainda mais de um branco, era um mau augúrio.

Dez dias depois, vários cachorros da aldeia morreram. Algumas pessoas começaram a tossir e logo caíram prostradas em suas redes, com febre. Em seguida, apareceram chagas no corpo, que inflamavam e se tornavam úlceras. Em casa, somente duas de suas irmãs mais novas pareciam ainda saudáveis e se esforçavam para preparar comida para os doentes e caldo de peixe para ela. Uma a uma as pessoas começaram a morrer. Primeiro os rapazes que enterraram o branco, e logo muitos outros. Como já não tinham forças para enterrar os corpos, jogavam-nos no rio, para serem levados pela correnteza. Luli via tudo se passar do interior de sua esteira em forma de cabana. Mesmo quando as irmãs adoeceram, ela se manteve saudável, embora fraca demais para ajudar os doentes e temerosa das tempestades que poderiam ocorrer se deixasse a reclusão. Em meio aos seus muitos pensamentos, perguntou-se se suas pintas finalmente teriam mostrado alguma utilidade, protegendo-a da doença.

Deitou-se e lá ficou, o mais quieta que pôde, tentando não atrair para si a ira do homem branco que trouxera para eles aquela doença. Dias depois, já sem forças nem mesmo para se sentar, ouviu ao longe o som de uma lancha a motor.

A biblioteca

Evangelista dos Anjos Nunes não gostava de calor nem de mosquitos. Para evitá-los, comia todos os dias um dente de alho cru no café da manhã, o que lhe dava um hálito horroroso. Estava sentado na proa da lancha da Secretaria Especial de Saúde Indígena, a Sesai, subindo o rio. O vento proporcionado pelo deslocamento da lancha de quinze pés, com um motor de popa de 60 HP, acabaria assim que chegassem ao destino. Em provavelmente duas horas, voltariam o calor e os mosquitos.

Evangelista nasceu em uma família abastada de Manaus. Durante a guerra, seu avô havia ganhado muito dinheiro vendendo borracha para os americanos. Com o fim do conflito, decidiu investir as economias da família em um garimpo de ouro no rio Solimões, o que se mostrou uma decisão financeira terrível, pois uma enchente destruiu a maior parte de seus equipamentos, e uma febre, que se seguiu a ela, matou quinze garimpeiros. Seu pai, Lindomar dos Anjos Nunes, trabalhara como diretor de uma companhia de transportes fluviais até ela falir. Mesmo assim, conseguiu que a família conservasse a antiga casa em estilo francês, que tinha sido comprada pelo pai em seu tempo áureo na seringa. Era uma das poucas casas antigas que restaram no bairro Santa Luzia.

Com os cinco irmãos, Evangelista teve uma infância confortável, até mesmo com certo luxo. Estudara no melhor colégio de Manaus, onde aprendeu inglês e francês. Desde criança, era fascinado pela sala da casa usada como biblioteca, um cômodo escuro onde ninguém entrava e que cheirava a papel velho. Tinha sido montada por seu avô para impressionar os compradores americanos que chegavam para visitá-lo. Embora o avô não se interessasse por livros, sabia que pessoas de bem tinham bibliotecas com livros encadernados em couro, com títulos em letras douradas.

Quando a mãe estava na cozinha e os irmãos brincando na rua, Evangelista aproveitava para entrar na biblioteca e olhar as estantes, passando a mão na lombada dos livros e tirando um ou outro para sentir o cheiro. Assim que aprendeu a ler, começou a passar as horas vagas na biblioteca e acabou por se encantar pelos escritores vitorianos, talvez porque fossem aqueles que estavam nas estantes mais baixas, ao seu alcance.

Seu autor favorito era Charles Dickens. Leu tantas vezes *Um conto de Natal*, que o livro tinha as marcas de seus pequenos dedos nas páginas. Ficava imaginando o velho mau do conto, Scrooge, um pouco como o seu avô, um coronel da borracha que provavelmente, assim como os outros seringalistas, cometera inúmeras atrocidades. O que seria desses coronéis avarentos e perversos diante do aparecimento dos três fantasmas na noite de Natal? O fantasma do passado levou Scrooge à sua infância solitária, o do presente lhe mostrou como viviam as pessoas que ele conhecia e desprezava, e o do futuro lhe revelou seu túmulo em uma parte abandonada do cemitério. Só não entendia muito bem por que Scrooge tinha tido uma chance de mudar o seu destino, depois de ter feito tão mal às pessoas. E isso o fazia ler a história mais uma vez, para tentar entender.

Aos quinze anos, quando estava se preparando para ingressar no ensino médio, seus cinco irmãos organizaram uma competição de natação: deveriam ir do cais a uma boia no meio do rio e voltar. Quem chegasse primeiro ganharia um couro de onça, que tinham encontrado em uma casa abandonada na rua. Todos mergulharam, menos Evangelista, que ficou confortavelmente no porto pescando bagres, recusando-se a participar daquela competição, dentre outras razões por não ter nenhum interesse em couro velho de onça. No dia seguinte, ele foi acometido por uma terrível febre, e seu corpo ficou coberto de manchas vermelhas. O pai não poupou dinheiro com médicos e tratamentos, mas não se chegava a um diagnóstico. Parecia ser algo entre febre tifoide e malária.

Por dez dias Evangelista ardeu em seu quarto ou na banheira, onde era colocado quando, sem saber mais o que fazer, a mãe tentava baixar a sua temperatura. Ficou desacordado boa parte do tempo e teve diversas convulsões. Desesperados, seus pais chamaram alguns curandeiros que viviam nos arredores da cidade, oriundos de aldeias indígenas e quilombos. Não tiveram sucesso. Diante do estado desalentador do pobre jovem, acabaram por chamar um padre no domingo de Páscoa, para lhe dar a extrema-unção. Mas, alguns dias depois, tão abruptamente como começara, a febre passou. Sua recuperação, entretanto, foi gradual. Apenas na semana seguinte voltou a falar. O episódio de causa misteriosa não deixou nenhuma sequela mental, embora ele tenha perdido todos os pelos do corpo e a capacidade de transpirar. As manchas vermelhas que cobriam sua pele eventualmente regrediram, ficando quase imperceptíveis. Alguns anos mais tarde, descobriria que a febre também o deixara infértil.

De seus delírios febris, Evangelista voltou decidido a seguir a carreira médica. Levou um ano para se recuperar de todo e então prestou exame em um cursinho preparatório para medicina. Como tinha perdido contato com os amigos no ano em que passara acamado, não tinha muito o que fazer nos fins de semana, e se pôs a estudar avidamente. Como resultado, passou em terceiro lugar para o curso de medicina da Ufam, a Universidade Federal do Amazonas, que concluiu seis anos depois, com especialização em medicina tropical.

O pai montou para ele um consultório no centro da cidade. Os pacientes eram muitos, vindos em geral de expedições na floresta, nas quais contraíam as mais diferentes moléstias. Evangelista tornou-se um dos maiores especialistas em febre amarela e malária da região Norte, e chegava a receber pacientes de Belém, Rio Branco, Porto Velho e Boa Vista. Os pacientes sempre comentavam a decoração do consultório, elogiando a sobriedade das estantes de madeira escura e as belas gravuras abstratas que enfeitavam as paredes. No canto, ao lado da porta, havia uma pequena mesa de jatobá maciço, onde se sentava Elvira, a secretária, uma bela jovem manauara de olhos e cabelos pretos e rosto largo, baixinha e forte. Sem dúvida era descendente de indígenas da região, mas Evangelista jamais lhe perguntara isso, pois ela mostrava-se visivelmente incomodada quando as pessoas sugeriam tal relação. Costumava trajar saia e blusa de botões, e sempre os mesmos sapatos de couro preto baixos, já gastos, com uma bolsa a tiracolo de plástico imitando couro, marrom-claro. Chegava, pendurava a bolsa na cadeira, retocava o batom em um espelhinho, ligava o computador e preparava um café na cafeteira que ficava na estante ao lado de sua mesa. Levava então uma xícara bem quente da bebida para o doutor, batendo antes levemente na porta. Sua entrada sempre deixava Evangelista um pouco desconcertado, pois, como vivera entre cinco irmãos homens, não tinha muito trato com mulheres. Na verdade, nutria um afeto especial por Elvira, e volta e meia pedia-lhe alguma coisa, só para olhá-la um pouco mais.

Com a morte do pai, todos os seus irmãos foram, aos poucos, emigrando para o Sudeste, onde abriam negócios e constituíam família. Após o casamento do irmão mais novo, em Ribeirão Preto, Evangelista mudou-se para a casa vazia dos pais. Dias depois, tomou coragem e pediu a mão de Elvira em casamento. Para sua surpresa, ela aceitou.

O casamento ocorreu de modo discreto, no cartório perto da sua casa. Elvira trajava um vestido branco liso, sapatos igualmente brancos e um arranjo de flores amarelas na cabeça. Evangelista usou seu único terno, que o pai lhe dera no dia de sua formatura. Nos primeiros meses de casados, Elvira se esmerou nos cuidados da casa e em preparar quitutes para quando o marido chegasse para o jantar. Ela mesma arranjou uma secretária nova para o consultório, uma senhora de sessenta anos, de rosto marcado e corpo maltratado. Não queria correr riscos.

Entretanto, depois que começou a frequentar a igreja pentecostal do bairro, Jesus Nosso Salvador que é o Único Mesmo, Elvira passou a revelar uma faceta desconhecida para o marido. Influenciada pela teologia da prosperidade, pagava dízimos cada vez mais altos e, nos cultos, exibia roupas, sapatos e bolsas de marca, encomendados em São Paulo, para mostrar aos irmãos em Cristo a força da sua fé. Nada disso agradava a Evangelista, um homem ateu e de hábitos simples, que tinha como único passatempo ler os livros da biblioteca que herdara e pescar bagres no rio próximo a sua casa. Cada vez mais isolava-se em seu canto para ficar longe da mulher.

Certa noite, chegou a uma seção que parecia ter sido a única à qual seu avô havia dedicado algum interesse, pois os livros tinham marcações de leitura. Ela era composta de obras dos primeiros viajantes estrangeiros que chegaram ao Brasil e adentraram os seus sertões. Começou lendo os relatos de Hans Staden, Thevet, Adalberto da Prússia e Saint-Hilaire, até passar às *Cartas dos primeiros jesuítas do Brasil*. Depois de meses concentrado nessas leituras, Evangelista chegou ao que parecia ser uma subseção, dedicada não mais a relatos de viagem, mas a estudos de mitologia indígena. Resolveu começar por um livro francês datado de 1964, por ser justamente o ano de seu nascimento. Chamava-se *Le Cru et le cuit*, ou *O cru e o cozido*. A princípio, não conseguiu ir muito longe, pois seu francês escolar estava muito aquém da linguagem sofisticada do autor. Mas, lendo um pouco todas as noites, com um dicionário aberto ao lado, conseguiu avançar. Entreteve-se particularmente com a leitura de um mito sobre a origem do fogo, em que um jovem em apuros é levado por uma onça macho, que o adota como filho, embora sua esposa, uma indígena, se recuse a ser a mãe daquele "filho alheio". Passado algum tempo, o jovem mata a madrasta e volta para a sua aldeia. Pensando que ele estivesse morto, a mãe verdadeira demora a reconhecê-lo. No dia seguinte, todos vão até a casa da onça para roubar o fogo. E a partir daí os indígenas podem comer carne moqueada e se aquecer na fogueira.

Tão envolvido Evangelista ficou nessas leituras e tão interessado pelos indígenas, que decidiu fechar o consultório e candidatar-se a uma vaga aberta na Sesai de Lábrea, a oitocentos e cinquenta e seis quilômetros de Manaus. Não se pode negar que foi também o modo que arrumou para ficar o máximo possível longe de Elvira e dos cultos de oração e louvor que ela organizava. Acabou comprando uma casa na pequena cidade. A cada quinze dias, nos fins de semana, voltava de avião para Manaus e organizava um churrasco com os amigos da época da faculdade de medicina, nos quais, para sua infelicidade, a esposa só permitia a entrada de cerveja sem álcool.

Certamente não estava preparado para as agruras da vida no mato, sobretudo para o calor e os mosquitos. Uma semana antes da viagem em que se encontrava então, a Secretaria de Saúde tinha sido informada, por um ribeirinho, sobre diversos corpos que desciam o rio, todos com horríveis marcas na pele. O mesmo ribeirinho tinha percebido também um estranho movimento de urubus sobrevoando a região onde moravam os indígenas. Designado por seu chefe para atender o caso, Evangelista teve dificuldades em arranjar dois técnicos de enfermagem dispostos a acompanhá-lo, pois todos os que ouviam o relato do ribeirinho encontravam uma desculpa para permanecer na cidade. Corria o boato de que os indígenas daquela aldeia tinham sido acometidos no passado por uma terrível doença de pele, e havia o temor de que ela tivesse voltado. Por fim, Evangelista conseguiu duas mulheres, cuja aparência fazia com que se lembrasse de Elvira.

Equiparam o barco com maca, soros, anti-inflamatórios, analgésicos e um grande estoque de amoxicilina injetável. Ao chegar à aldeia, depois de quatro horas de viagem subindo o rio Purus, perceberam que a situação era muito pior do que tinham imaginado. Antes mesmo de descer do barco, sentiram o cheiro podre e se assustaram com a quantidade de urubus empoleirados nas árvores próximas à aldeia, assim como a de rãs que se aglomeravam na beira do porto. No caminho que ligava o porto às casas, encontraram cadáveres. Evangelista contou pelo menos trinta, entre homens, mulheres e crianças. Todos tinham muitas marcas na pele, feridas abertas, que agora estavam infestadas de vermes e larvas. Os que não estavam de bruços tiveram seus olhos comidos pelos urubus.

Evangelista colocou máscara e luvas de proteção. As duas técnicas correram apavoradas para a lancha e começaram a rezar. De qualquer forma, não tinha muito trabalho para elas, já que não parecia haver ninguém vivo. Com calma e com o auxílio de um galho, Evangelista foi avaliar os corpos. Em todos os seus anos de trabalho nunca tinha visto uma doença daquela gravidade. O que via o fazia se lembrar de seus estudos sobre as epidemias da época da borracha, das doenças que matavam centenas de pessoas ao mesmo tempo: sarampo, varíola, varicela e gripe. Tudo levava a crer que estava diante de mais uma delas. Colheu um pouco de sangue de um corpo que estava menos putrificado e o guardou em um isopor com gelo para ser testado em Manaus.

Ao caminhar pelas casas vazias, Evangelista ouviu um choro baixinho, que o surpreendeu. Entrou na casa e encontrou, debaixo de uma espécie de cabana formada por uma esteira, uma menina. Ela estava fraca demais para andar ou mesmo para se sentar. Parecia desidratada e tinha várias manchas vermelhas no corpo. Mas estava viva, o que já era uma pequena vitória. As manchas o lembravam das suas próprias, que adquirira com a estranha febre da adolescência. Entretanto, pelo seu olhar clínico, aquelas indicavam uma antiga infecção, uma espécie de sífilis cutânea, provocada pela bactéria *Treponema pallidum*. Pôs-se a pensar se haveria alguma relação entre a infecção bacteriana e o fato de a menina ter sobrevivido e, quando retornou para a cidade, resolveu lançar essa pergunta no grupo de conversa dos antigos colegas da faculdade.

Como médico, Evangelista sabia que não havia o que fazer naquela aldeia e decidiu levar consigo a menina para a cidade. No começo, ela encontrou forças para reagir e agarrou-se a um dos pilares da casa. Tinha medo dos brancos. Evangelista, por fim, convenceu as enfermeiras a ajudar, argumentando que Jesus caminhara em meio aos leprosos e que jamais abandonaria um doente. As moças tiveram mais jeito para conversar com ela, convencendo-a a ir com eles. Deitaram-na na maca com o soro e, com cuidado, carregaram-na para o barco.

A onça

Luli foi direto para o hospital regional, onde, depois de vários exames, constataram que ela estava plenamente saudável, não fosse a desidratação. Entretanto, deveria ficar em observação até que tivessem certeza do que acontecera na aldeia.

As enfermeiras do hospital se afeiçoaram a Luli, sobretudo depois de ouvirem as conversas das duas técnicas de enfermagem na cafeteria.

— Um irmão muito corajoso, esse dr. Evangelista — disse a mais baixinha delas.

— A pobre garota estava sozinha com os mortos. Só Deus sabe há quantos dias — completou a segunda, que era um pouco mais alta e mais atarracada.

— Ele pulou da lancha ainda em movimento para buscar por sobreviventes. Aquela doença horrível não tocou o dr. Evangelista, pois ele é um homem ungido pelo Senhor — acrescentou a primeira.

— A pobre garota foi retirada de uma pilha de corpos — continuou a segunda.

— E ele ainda fez tudo isso falando em nome de Jesus — acrescentou a primeira.

— Amém — disseram em coro os que as escutavam.

Evangelista, um ateu convicto, daquele dia em diante passou a ser olhado com enorme respeito e admiração pelo quadro profundamente religioso do hospital e a ser o tempo todo convidado a participar de cultos e sessões de oração, que ele educadamente recusava, dando uma desculpa de trabalho.

As enfermeiras passavam diversas vezes por dia pelo leito de Luli, sempre trazendo biscoitos e refresco. Evangelista, aquele estranho homem careca e desprovido de pelos, que lhe lembrava um peixe — um bagre ou um surubim? — e que tinha salvado sua vida, a visitava todos os dias, quando caía a chuva da tarde. Ele se sentava na cadeira ao lado de sua cama, entregava-lhe um achocolatado que levava dentro de sua pasta de couro marrom, tomava o café que pegava na recepção e eles conversavam por cerca de uma hora. As enfermeiras se revezavam para ouvir pela janela o que os dois falavam. Evangelista Surubim — definitivamente um surubim, porque tinha aquelas manchas arredondadas — lhe contava sobre sua vida em Manaus, a cidade dos grandes mercados de açaí, em que todos os rios se encontram. Luli, aos poucos, foi falando de sua aldeia e se deleitava ao contar as histórias de sua pequena casa no lago e sobre como era difícil achar as folhas apropriadas para construir um telhado que não apodrecesse. Contou-lhe também que quase se casara com um primo, não fosse o sonho com o fantasma das chagas, quando cheirou o rapé do xamã.

No vigésimo dia de internação, Evangelista aproximou-se de Luli com um olhar grave, abraçado à sua pasta. O resultado do exame de sangue saíra naquele dia e dera negativo para as principais moléstias tropicais. A autópsia de um dos corpos, realizada pelos técnicos do Instituto Médico-Legal de Manaus, fora inconclusiva. Sentado ao lado de Luli, Evangelista explicou que trazia consigo fotos dos cadáveres e perguntou se ela teria coragem de olhar, para reconhecê-los. Chorando sem parar, Luli examinou aqueles corpos deformados, reconhecendo com dificuldade os avós, tios e primos, mas não viu o pai, a mãe ou as irmãs. Será que estariam vivos? Sabia que era improvável, pois não a teriam abandonado se pudessem ter fugido, mas era também possível que tivessem sido devorados por algum animal antes da chegada da segunda equipe à aldeia, aquela que fez as fotos e levou um dos cadáveres para análise.

Quando Evangelista se levantou para ir embora, ao entardecer, cinco pequeninos dedos seguraram sua mão com força. Luli sentia que estava completamente sozinha no mundo. Ao perceber o tamanho do fardo que aquela menina fora obrigada a carregar, Evangelista decidiu passar a noite a seu lado. Para distraí-la, contou sua história de infância predileta, *Um conto de Natal*, de Dickens, fazendo algumas adaptações para inserir detalhes da floresta tropical. Scrooge, por exemplo, foi encarnado pelo seu avô (tal qual ele imaginara). Os fantasmas do passado, presente e futuro, que foram visitar o personagem, tornaram-se figuras do folclore regional: o saci, a mula sem cabeça e o boto. Ao final, pediram uma pizza em um restaurante vizinho, que na promoção do dia vinha acompanhada de um refrigerante grande. Luli adormeceu sem largar a mão de Evangelista, que improvisou uma pequena cama com duas cadeiras, onde dormiu.

Quando Luli teve alta, dois dias depois, Evangelista tinha tomado uma decisão: propôs que ela fosse com ele para casa. Caso se adaptasse e quisesse, ele a adotaria oficialmente como filha. Os enfermeiros, os médicos e o corpo técnico do hospital organizaram uma pequena despedida. Evangelista foi cumprimentado e elogiado por todos. Duas enfermeiras pediram a sua bênção e uma técnica pediu que ele fosse padrinho de seu primeiro filho. Ele havia se tornado quase um santo nas conversas de corredor daquele hospital, que a cada dia aumentavam seus feitos e atos heroicos. Um amigo médico chegou a lhe perguntar se de fato ele arrancara a menina de dentro da barriga de uma sucuri.

Luli recebeu muitos beijos. Deram-lhe três mudas de roupa, além de uma dúzia de absorventes, pois ela tinha menstruado um dia antes, na lua nova. Arrumaram tudo em uma bela mochila vermelha, que as enfermeiras compraram com o dinheiro de uma vaquinha. Luli pendurou a mochila nos ombros antes de dar a mão para Evangelista e se encaminhar com ele para a porta.

Ela adaptou-se bem à casa em Lábrea, onde passava os dias sozinha, vendo televisão e esperando Evangelista chegar do trabalho. Ele enchia a casa de mantimentos, para que nada lhe faltasse, e ela mesma fazia o almoço, alternando peixe com pirão e cozido de carne com macaxeira. Antes de dormir, Evangelista ajudava Luli na leitura de algum de seus livros favoritos, explicando a ela o significado das palavras desconhecidas.

Assim se passaram dois meses, até que um dia, por volta do meio-dia, quando Evangelista estava de plantão no hospital, ajudando em casos de uma forte gripe que tinha atingindo os habitantes da região, a porta da casa se abriu. Era Elvira, que Luli conhecia de nome, embora nunca a tivesse visto pessoalmente. Elvira logo imaginou que a moça era a nova empregada do marido. Deu a ela sua mala e mandou que arrumasse as roupas no armário. Depois, ordenou que fosse com ela para a cozinha, para descascar cebola e alho para temperarem um pernil para o jantar. Sem entender muito o que se passava, Luli achou melhor obedecer. Ao chegar e encontrar a mulher na cozinha com a menina, Evangelista decidiu deixar para depois a conversa sobre os planos de adotarem Luli. Embora soubesse que a mulher tinha aversão a indígenas, imaginou que pudesse se afeiçoar à garota, pois estava ciente de que não podiam ter filhos.

No dia seguinte, ao finalmente explicar à esposa seus planos, teve que lidar com a ira contida da mulher, que disse não aceitar de modo algum a menina como filha. Entretanto, ao ver que o marido não mudaria de ideia, Elvira fingiu ter se conformado e, para provar suas boas intenções, disse que passaria um tempo em Lábrea, para ajudar na adaptação da moça. Quando Evangelista saiu para o hospital, no dia seguinte pela manhã, Elvira sintonizou o rádio a todo volume em hinos religiosos para acordar Luli, que, ainda em jejum, teve que arrumar a casa. Na hora do almoço, Elvira chamou Luli e preparou dois pratos, com carne, arroz, feijão e farinha, que colocou sobre a mesa da cozinha. Fez então uma pequena prece:

— Senhor, mostrai que essa filha alheia é digna de vosso alimento. Iluminai-a com o fervor do Espírito Santo.

Em seguida, abriu sua Bíblia, escolheu aleatoriamente uma passagem para ler em voz alta e pediu a Luli que identificasse o capítulo e o versículo. Diante do silêncio da menina, Elvira, ainda olhando para a Bíblia, disse:

— Não sabes, filha alheia? Sinto que a tua fé está um pouco abalada. Permita-me te ajudar a se concentrar mais no Senhor!

Para cada resposta errada, basicamente todas, Elvira tirava um pedaço de carne do prato de Luli e colocava no seu. As perguntas continuaram até Luli ficar apenas com arroz, feijão, um pouco de farinha e uma banana. Elvira fechou a Bíblia e já estava saindo da cozinha quando reparou que a banana cativava o olhar da menina.

— Ah! Claro, já ia me esquecendo! Quais são as doze tribos de Israel? Também não sabes? É uma pena, isso é muito importante. Tu saberás quando deixares o Senhor entrar em teu coração.

Elvira se levantou, pegou a banana do prato de Luli e foi comer o seu prato cheio de carne na sala, sozinha.

Quando finalmente pôde ir para o seu quartinho de empregada à noite, exausta e triste, Luli levou seu pensamento à sua aldeia e à sua pequena casa no lago. E pôs-se a imaginar que a mãe, o pai e as irmãs poderiam estar vivos, pois suas fotos não estavam entre as dos mortos. Mas para onde teriam ido? Por que a teriam deixado lá sozinha? Fechou os olhos com força e torceu para sonhar com eles. Porém os sonhos que chegaram foram pesadelos horríveis, com os cadáveres das fotos e com aquele morto putrefato que conversara com ela. Quando, já tarde da noite, Evangelista voltou para casa, Luli tentou sair do quarto, mas a porta estava trancada por fora. Sem querer gritar, preferiu chorar até dormir.

Luli acordou novamente com os hinos em alto volume e com muita fome. Não encontrou Evangelista, que já havia saído. Elvira disse a ela que o marido recebera um chamado urgente da Secretaria de Saúde e fora para Manaus. Ela estava encarregada da casa e de Luli.

Na hora do almoço, Luli mais uma vez encontrou dois pratos cheios de comida na cozinha. Elvira fez suas preces e abriu a Bíblia.

— Vamos começar com uma fácil hoje, filha alheia! Quais foram as doze pragas que o Senhor lançou sobre os egípcios? Pode pensar com calma.

Enquanto Luli olhava para os pratos, perplexa com mais uma pergunta que não fazia ideia de como responder, Elvira foi até o armário e pegou um vidro cheio de pimenta.

— Não? Nenhuma ideia? Vou dar uma ajuda. Primeira praga: o rio virou sangue. Agora só faltam onze. Não sabes? Tu tens definitivamente o capeta no corpo, mas o Espírito Santo vai te purificar com o meu fervor. Um pouco desse unguento vai te ajudar na próxima vez!

Elvira encheu uma colher de sopa de pimenta e derramou no prato da menina. As perguntas e as colheradas de pimenta continuaram até o vidro esvaziar. Elvira então foi comer sozinha. Sem resistir à comida, na primeira colherada os olhos de Luli se encheram de lágrimas e sua língua ferveu. Jogou tudo no lixo.

No terceiro dia, a garota chegou à cozinha após passar a manhã limpando os armários da casa. Novamente os dois pratos servidos, a Bíblia aberta, as perguntas e a carne de porco indo do seu prato para o de Elvira, sob o silêncio constrangido da menina. Logo após o almoço, sabendo que naquele horário Elvira estaria grudada na televisão, Luli tomou coragem e abriu a geladeira para pegar um pedaço da carne suína, que a lembrava dos queixadas de sua aldeia. Elvira, ouvindo passos na cozinha, foi até lá e fechou a porta da geladeira nos dedos pequeninos que seguravam um belo pedaço de pernil. Luli sentiu muita dor, mas não gritou.

— Sabes? Um dos dez mandamentos é: não roubarás! — E ainda pressionando com força a porta da geladeira nos dedos da menina, continuou: — Filha alheia, espero que um dia tu entendas que muita comida, sem Deus, é nada, e que nada, com Deus, é muito!

Segurando o choro, Luli largou a carne, desculpou-se e voltou para o quarto. Logo Elvira chamou-a pedindo seu café. Cheia de raiva, Luli adicionou à bebida, bem fraca e doce, como ela gostava, todo o frasco de um remédio para dormir, que Evangelista lhe dera ainda no hospital, para ajudá-la com seus terríveis pesadelos. O excesso de açúcar fez o remédio passar despercebido e, em menos de uma hora, Elvira, deitada no sofá, dormia pesado.

Vendo que Elvira não acordava com o hino em alto volume que tocava na chamada de seu celular, Luli decidiu ir de novo até a geladeira, não sem antes fazer um teste, puxando com força o cabelo da mulher. Nada. Começou por comer a carne de porco e um pouco de tudo o que encontrou na geladeira. Procurou nos armários e encontrou um pacote de biscoitos recheados, que comeu inteiro, deixando os restos caírem no tapete. Resolveu mudar o canal da televisão para ver alguma coisa mais divertida, de preferência um filme com animais gigantes, que pareciam os espíritos auxiliares dos xamãs. Quando se aproximou dos DVDs de vida animal, que ficavam no aparador da TV, encontrou um vidro de rapé, provavelmente trazido por Evangelista em uma de suas viagens. Retirou a rolha que tapava o vidrinho e despejou um pouco do pó esverdeado na palma da mão direita. Tampou uma das narinas, inalou e repetiu os gestos até acabar com o rapé. Como na festa, Luli desmaiou.

Viu então o mesmo branco que a visitara em sua iniciação, com a mesma aparência moribunda, só que dessa vez ele levava no corpo uma enorme corrente de ferro. Nela estavam penduradas bateias de diversos tamanhos, peneiras, pás, bicames e um frasco com um líquido metálico, que parecia mercúrio. Disse-lhe que por toda a vida sonhara com ouro e eventualmente com diamantes. Delirante, vendera a pequena loja de roupas que tinha em Manaus e subira o Purus com mais cinco auxiliares. Tinha certeza de que algum deles o havia envenenado para roubar um punhado de pepitas que tinha encontrado. Deitado em sua rede enquanto os demais esperavam sua morte para dividir o espólio, percebeu que eles também estavam adoecendo. Até os ratos que infestavam o garimpo, e comiam durante a noite a comida, estavam sangrando pela boca e caindo pelos cantos. Quando, por fim, ele morreu, o jogaram no rio, sem perceber que ele tinha engolido as cinco pepitas de ouro. Nesse momento do relato, o fantasma enfiou a mão por um buraco em sua barriga e entregou as pepitas para Luli. Em seguida, desapareceu.

Na sequência, entrou pela janela aberta da sala um martim-pescador que, aos poucos, foi tomando a forma de um homem, com o corpo manchado de pintas vermelhas, como o de Luli. Disse a ela que era seu avô e o maior xamã que já existira. Soprou um pouco de tabaco sobre a cabeça de Luli, e logo os dois estavam em uma canoa. Luli reconheceu seu querido lago, só que agora cheio de casas — mais de vinte, ela avaliou —, cada uma com seu pequeno fogo. O avô então lhe disse que estavam no passado e que aquele lago já fora a casa dele e de muitos outros parentes. Certo dia tiveram que abandonar tudo para trabalhar para os patrões da borracha. O homem pintado virou pássaro novamente, e Luli se viu de volta à sala da casa.

Do rapé que caíra sobre a mesa saiu um pequeno homem, que cresceu até atingir cerca de meio metro. Fumou um cigarro Minister sem filtro, que trazia no bolso da bermuda, olhou o relógio e disse para Luli: "Sou teu tio Karaop e venho te mostrar o presente". Assoprou a fumaça sobre ela e logo os dois estavam no meio da floresta, em uma aldeia que ela não conhecia. Lá estavam a mãe, o pai, as irmãs e os cunhados. Karaop disse que eles estavam vivos, mas ainda fracos e doentes. Tirou uma casca de árvore da bermuda e explicou que, ralada e fervida, melhoraria as chagas e diminuiria os sintomas dos seus familiares. Voltaram para a sala. Ele ficou mais uma vez pequeno e desapareceu no pó do rapé.

De repente, saiu da televisão da sala um rapaz alto de cabelos compridos, com uma tatuagem de tambaqui no peito.

Disse a ela que se chamava Claudinei e era neto da sua vizinha da aldeia, Jussara, que tinha se casado com um branco e agora vivia em um garimpo no Alto Purus. Viera lhe contar do futuro. Puxou um cigarro eletrônico da jaqueta e soprou a fumaça em Luli. Logo os dois estavam em uma canoa no meio da lama. Luli reconheceu seu lago, agora com um horrível cheiro podre. Já não se via a floresta, mas um extenso pasto, parte dele queimado. Luli perguntou por sua família, e ele lhe mostrou o lugar onde estavam todos enterrados, em uma vala comum, na beira do rio. Chorando, Luli perguntou o que tinha ocorrido, pois pouco antes, levada por Karaop, vira todos eles vivos. Claudinei lhe disse que, logo depois, pela falta de remédio, muitos mais tinham morrido. As áreas abandonadas pelos indígenas tinham sido invadidas: primeiro, o lugar fora tomado pelo insuportável som de centenas de motosserras. Logo depois vieram dois tratores ligados por uma enorme corrente, arrancando do chão tudo o que cruzasse seu caminho. Quando a madeira acabou, queimaram o que sobrou e, do solo devastado, fizeram um pasto. Alguns de seus parentes haviam sido assassinados por capangas de um fazendeiro, por terem matado, por causa da fome, um de seus bois. Claudinei era o único parente vivo que ainda sabia a língua, ensinada por sua falecida mãe. Os outros poucos que tinham sido criados na cidade já não sabiam caçar, nem plantar, nem sonhar. De volta à sala, Luli viu Claudinei entrar na TV e desaparecer.

Desesperada, entendeu que tinha de ir embora correndo dali para tentar mudar o futuro, como na história que Evangelista lhe contara. Encheu a mochila vermelha com suas poucas roupas e com toda a comida que encontrou nos armários e na geladeira: biscoitos, achocolatados, bombons, carne-seca, farinha. No armarinho do banheiro pegou todas as caixas de antibióticos que Evangelista guardava. Ajeitou no sutiã as cinco pepitas de ouro que o fantasma lhe dera, único presente que recebera de Elvira, que se incomodava com o balanço de seus seios pela casa. Foi andando até o porto no centro de Lábrea e esperou por uma carona que a levasse rio acima. Enquanto esperava, encontrou um manauara conhecido em todo o rio por vender espingardas de caça usadas. Com suas cinco pepitas, quase cem gramas de ouro, comprou doze espingardas e trezentos cartuchos, de .16, .20 e .28. Guardou tudo em uma caixa de papelão de bicicleta Caloi, que encontrou jogada no barracão do porto. Por fim, uma família de ribeirinhos, que conhecera quando vivia na aldeia, abrigou-a em sua chata, juntamente com o que pensaram ser sua nova bicicleta, que cobriram com uma lona preta. Por três dias subiram o rio.

Deixaram-na no barranco que conduzia a uma antiga aldeia, onde os seringueiros afirmaram ter visto fumaça algumas semanas antes. Não tinha certeza se seriam os seus parentes, mas era a única pista que tinha para chegar até eles. Sentada no meio da aldeia deserta com a caixa de bicicleta, viu vultos se mexendo na floresta. Logo algumas crianças saíram da mata, mas correram assustadas de volta, indo avisar os pais de Luli que o fantasma da filha tinha chegado com uma bicicleta nova. Aldilene correu até ela e a tocou. Não lhe pareceu um fantasma, porém esperou suas primeiras palavras. Luli a chamou de mãe, com a voz de sempre, e a abraçou. Os outros foram se aproximando e tocando o corpo da menina, para ver se era gente de verdade. Os pais lhe explicaram que, inconscientes, tinham sido carregados não se sabe por quem, por espíritos, talvez, para longe da epidemia e que, quando acordaram na outra aldeia e se deram conta de que Luli não tinha sido resgatada, imploraram que alguém voltasse lá para procurá-la. Explicaram que ela se encontrava em um lugar secreto, dentro de uma esteira, e que por isso fora esquecida. Dois xamãs se prontificaram a ir, pois teriam a proteção de seus espíritos-guia contra a doença. Mas quando voltaram, alguns dias depois, deram aos pais a notícia de que a esteira estava vazia. Luli já não estava lá. Provavelmente tinha sido comida por uma onça ou por urubus.

Luli então contou a eles sobre suas novas visões e entregou ao pai a casca de árvore que havia recebido do segundo fantasma, explicando sobre o uso do medicamento. Ele reconheceu a árvore e partiu imediatamente para a floresta, para encher um cesto de casca. À noite, ao redor dos pequenos fogos, enquanto os doentes recebiam emplastros que aliviavam suas febres, Luli disse a eles que deviam expulsar aqueles brancos que tinham invadido as aldeias abandonadas. Eram eles que traziam aquelas doenças que estavam enfraquecendo a todos. E seria apenas o começo. Explicou a eles que, segundo o neto da Jussara, caso não fizessem nada, em pouco tempo todos estariam enterrados na beira do rio. Olharam para ela surpresos: Jussara era ainda uma menina, e nem tinha se casado! Luli teve preguiça de explicar os detalhes daquelas visões estranhas, mas seu desespero e sua convicção eram tamanhos que convenceu todos a seguir seu plano de atacar o acampamento dos invasores.

Os homens pintaram-se com jenipapo e urucum. Aqueles que não tinham espingarda pegaram uma na caixa de bicicleta. Limparam e carregaram as armas. Entraram em suas canoas e desceram o rio na madrugada de lua cheia. O tio de Luli, xamã, ainda convalescente, entoava seus cantos, junto com as mulheres. Luli, com o corpo todo pintado, seguia à frente de todos, remando sozinha uma pequena canoa, em cujo fundo reluzia uma espingarda, cuidadosamente lustrada, e dois pacotes de biscoitos de chocolate recheados, que trouxera de Lábrea.

O Garrincha da floresta

Os cunhados

Em uma pequena aldeia no meio da floresta, no estado de Rondônia, perto da fronteira com a Bolívia, vivem vinte e duas pessoas, sendo a maioria delas crianças.

Jamain mora em uma casa de paredes de madeira e telhado de palha com sua mulher, Pakao, e seu filho bebê. Tem vinte e seis anos, rosto largo, com maxilares protuberantes, que lhe dão uma aparência peculiar. Quando fala, costuma gesticular muito, mexendo os braços como se estivesse correndo, e por vezes provoca risadas. Quase todas as noites pessoas reuniam--se em torno dele, que era um grande contador de histórias.

— Quem é essa preguiça nas minhas costas? Ismael, é você? Ah, sobrinho, você está ficando forte e esses seus braços grandes não me deixam respirar. O que você quer? Quer que eu te conte uma história, não é? Qual? Aquela da vez em que acabaram as minhas flechas e eu tive que me esconder de uma onça? Ou prefere a da vez em que seu pai e eu estávamos fazendo uma espia em cima de um galho, até que o galho quebrou e tivemos que tirar os espinhos de um porco-espinho da bunda por vários dias?

Jamain não tinha nascido naquela aldeia, mas em outra, a três dias de caminhada. Foi viver ali depois que se casou com Pakao, filha de Moroxin, que lhe fora prometida no dia de seu nascimento. Jamain era então um menino de doze anos e estava na aldeia de visita. Assim que Pakao nasceu, vieram lhe chamar na casa dos homens, onde ele dormia. Deram-lhe uma lâmina afiada de bambu e pediram que cortasse o cordão umbilical. Depois, colocaram o bebê em seu colo. Ele ainda se lembra da horrível sensação daquela coisa melada e vermelha em seus braços, se mexendo e fazendo caretas. Ficou de cabeça baixa, olhando para o chão, esperando que lhe pedissem o bebê de volta. Rindo, disseram: "Ela é tua esposa!".

Não pensou mais nisso, mesmo quando, em visita, via Pakao entre as crianças correndo no pátio. Na verdade, nem gostava de se lembrar disso, pois o que lhe vinha à mente era o cheiro de sangue e aquela criança melada em seus braços. Doze anos depois, quatro homens chegaram a sua aldeia com ar solene. Eram o seu futuro sogro com dois de seus irmãos e Tokorom, irmão de Pakao. Dirigiram-se diretamente para a casa dos pais de Jamain e se sentaram no estrado que servia de cama. Os anfitriões ofereceram-lhes chicha de milho, que por acaso tinham preparado no dia anterior. Seria uma vergonha se não tivessem nada para servir às visitas.

O futuro sogro, depois de um tempo em silêncio, disse aos pais de Jamain que o rapaz devia ir até lá buscar a esposa e trazê-la para viver com ele. Foi um rebuliço na casa! Jamain dizia que não queria se casar, que era novo ainda. Saiu pela porta e foi se esconder na casa de um primo. Mas seu pai o encontrou e o trouxe de volta, para falar com o sogro. Explicaram-lhe que a menina já tinha seios e que estava na hora de ir viver com o marido prometido.

Muito amuado, Jamain pegou um pequeno cesto, colocou nele um short e uma camisa, e pendurou a alça no peito, deixando-o descer pelas costas. Na mão direita, levava seu arco e duas flechas. A caminhada, de três dias, foi muito desconfortável. Jamain sentia vergonha do sogro e do cunhado, e quase não falava. Tinha a sensação de que era observado todo o tempo, mas, felizmente, conseguiu matar um mutum, o que deixou os homens satisfeitos.

Ao chegarem, foi a vez de Pakao dizer que não partiria com aquele rapaz de jeito nenhum. Sua mãe a pegou pelas orelhas e a levou até ele. Assim que tomaram o caminho, ela diminuiu o passo até sair da vista do marido e correu de volta. Dando-lhe uma bronca, a mãe arrastou-a novamente pelas orelhas até o marido. Depois de várias tentativas, ele acabou voltando sozinho, aliviado por não terem consolidado aquele casamento. Mas, uma semana depois, viu chegar a sua casa os futuros sogro e sogra, trazendo a menina com seu cesto de roupas.

Pakao chorava sem parar, pedindo para voltar para junto dos pais. Por fim, os pais de Jamain concordaram que ele a levasse de volta e fosse viver com ela em sua aldeia. E assim começou sua vida de casal.

Inicialmente, moraram na casa dos sogros, mas logo após o nascimento de seu primeiro filho, Jamain construiu uma casa própria. Seu cunhado, Tokorom, ajudou-o a cortar as madeiras para fazer as paredes e o assoalho.

Muito mais alto e forte do que Jamain, Tokorom tem o rosto mais delicado, o nariz mais fino e os olhos mais arredondados. Seus lábios, muito carnudos e vermelhos, são a parte mais bonita de seu rosto. Assim como Jamain, usa os cabelos compridos repartidos ao meio, caindo sobre os ombros, até a altura das escápulas. Nas orelhas, ambos usam brincos cilíndricos de madeira, quase idênticos, confeccionados por Pakao da mesma árvore, para selar a proximidade entre os dois. Mas, enquanto Jamain era, desde muito jovem, um excelente caçador, Tokorom sempre fora desajeitado na caça, a ponto de o chamarem de panema, como se tivesse sido enfeitiçado pelo azar. Mesmo assim, Jamain não abria mão de sua companhia.

Naquele dia quente, quando o sol começou a baixar, por volta das quatro da tarde, Tokorom foi até a casa de Jamain beber da chicha de sua irmã Pakao.

— Cunhado! — disse Jamain. — Que bom te ver! Aqui, a tua chicha! Sabia que aqueles inajás estão carregadinhos de frutos? Deve estar cheio de animal por ali. Bora caçar? Topa? Que bom! Vai lá pegar a tua espingarda e o resto dos teus cartuchos. Vou pegar a minha e um pouco de pólvora e chumbo para recarregar.

Jamain vestiu uma bermuda marrom puída, uma camiseta velha verde desbotada e largou as sandálias havaianas gastas na porta de casa. No mato, o melhor era estar descalço.

Tokorom voltou logo depois, e Pakao deu a eles uma pamonha assada, ainda enrolada em folhas, para que comessem durante a noite. Junto com os cartuchos e a munição, Jamain colocou a pamonha em um pequeno cesto, que levou nas costas. Na mão direita, carregava a espingarda.

Os dois seguiram pela floresta. Tokorom, que andava na frente, parou de repente. Jamain se assustou e disse:

— Cunhado, cunhado, por que você parou? Ouviu alguma coisa, viu rastro fresco? Ah, de novo essa história! Eu já te falei que essa espingarda é minha, que comprei comprado, de um boliviano muito respeitado. Não é aquela que você perdeu no rio quando a canoa virou. Olha, esse cano é reto, não faz virada que nem aquela sua que parecia um focinho de tamanduá de tão torta que estava. Ah, não era isso? Pois bem, cunhado, desembucha essa pergunta que está impedindo a gente de chegar aos inajás. A verdade sobre aquela história da onça que perseguiu meu pai e eu? Não acredita? Vou te confessar uma coisa: eu conto essa história há muito tempo, mas se ficar só entre nós dois eu te digo. Pra você eu vou contar a verdade, só pra você, irmão da minha esposa, só porque você é meu cunhado favorito, e sua irmã faz pamonhas muito gostosas. Eu inventei a história para fazer graça pros teus filhos. Não fica emburrado, Tokorom, pode ir andando na frente, e apressa esse passo para chegarmos mais rápido.

"Pronto, Tokorom, olha só esses inajás carregadinhos! Vamos ficar ali no canto, escondidos naquela moita. Rastros frescos? Perto do barreiro? Você viu? Tem certeza? Tua vista nunca foi boa. Agora que a luz começou a diminuir, nosso jantar vai vir. Escutou isso, não? Foi um macaco-aranha lá longe. Não, anta não foi. Por que você diz uma coisa dessas? Onde já se viu confundir barulho de anta com macaco? Isso aqui foi som de macaco, macaco-aranha, assim meio rouco: *uohô*, *uohô*, *uohô*. Ele estava chamando o filhote de longe. Tua mulher está com vontade de comer carne de anta há alguns dias? Ah, cunhado, sabe o que meu pai dizia quando uma mulher sentia vontade de comer carne de anta? Não sabe? Vou te contar, enquanto você fica alisando essa sua espingarda velha. Ele dizia que a mulher sente vontade de comer carne de anta porque não aguenta mais ver o pau pequeno do marido e sente falta de um pau grande pra fazer sexo. Pode rir, Tokorom, mas vê se não faz barulho.

"Escutou isso? Definitivamente foi um macaco-aranha, tenho certeza. Tem um filhote chorando e os pais estão por perto. Eles devem estar com fome e vindo na direção dos frutos. Não, eu não estou falando alto. Eles não escutam bem. Você não entende nada. Não, meus ouvidos não estão sujos. Não foi anta, você está obcecado por anta. Escuta! Não são antas, nem uma, nem duas, nem três. Sentiu esse cheiro, Tokorom? Catinga de macaco. Parece você depois de jogar bola e perder de três a zero na aldeia do meu pai. Você e seus amigos aprenderam a jogar bola onde? Aposto que foi chutando urubu morto. Não adianta, não rola como bola, eu já experimentei."

Alguma coisa se moveu perto da água e eles ficaram em silêncio, atentos. Em seguida, viram uma anta. Tokorom olhou atravessado para Jamain, como quem diz "não falei?", e fez pontaria. Jamain gesticulou para ele esperar, pois as antas sempre andam em pares ou trios e eles poderiam matar mais de uma se tivessem calma.

A anta caminhou despreocupadamente até o barreiro, bebeu um pouco de água e, em seguida, farejou os frutos caídos. Logo chegou uma anta ainda maior e se dirigiu para onde estavam os frutos. Jamain apontou para ela e Tokorom fez pontaria na outra. Jamain começou a contagem com os dedos. Três, dois... O disparo tinha que ser simultâneo, ou um dos animais fugiria. Os dois atiraram. A anta de Jamain caiu, mas a outra fugiu em direção à floresta.

— Olha, cunhado, a anta que matei de tiro certo! Você deve ter mirado na cabeça, um tiro perigoso, pois às vezes a bala resvala e passa, e elas não morrem. Por isso eu sempre miro no coração, entre a pata dianteira e a nuca. Não tem erro! Um, dois e chão! Uma pena que a sua fugiu! Mas não se preocupe, se a minha for macho, eu corto o pênis para você levar. Você diz que acertou ela bem no peito? Viu o sangue? Então não foi muito longe, deve ter morrido logo ali no mato! Vou lá buscar a nossa caça. Me espera aí. Se mais antas chegarem, você atira nelas, mas só depois que eu passar do rio. Você sabe que a sua pontaria não é boa.

Três meses depois, caía a noite quando Tokorom caminhava na floresta, retornando de uma caçada malsucedida. Gastara quatro cartuchos sem matar nada. Realmente, a sua espingarda estava um pouco torta. Isso o fez lembrar de seu falecido cunhado Jamain, que havia desaparecido no dia em que foi atrás da anta ferida. Mesmo depois de procurá-lo por dias na floresta, na companhia de seu pai e seus irmãos, eles não o encontraram. Seguiram suas pegadas e viram que elas acompanhavam as da anta, mas em certo ponto desapareceram. Dali em diante não se viu mais nenhum vestígio dele. Sua irmã ainda chorava todos os dias ao entardecer, lembrando do marido.

A certa altura do caminho, Tokorom reparou em alguns galhos quebrados e pegadas de anta. Feliz com a possibilidade de finalmente levar comida para casa, seguiu as pegadas e se deparou com um homem dormindo em cima de uma esteira. Assim, de costas, não parecia ninguém conhecido. Com aquelas roupas, devia ser um desses brancos que entravam lá para procurar ouro. Sentiu muita raiva e apontou a espingarda para ele, mas, quando ia atirar, o homem se virou e falou, na sua língua:

— Cunhado, abaixe essa espingarda, não precisa me furar! Olha pra mim, sou eu, Jamain! Não aponta esse cano pra mim, me deixa desconfortável. Você não está me reconhecendo? Garimpeiro? Tá doido? Ficou cego? Sou eu, teu cunhado! Não precisa largar a arma se não quiser, não vou te atacar. Vê? Duas mãos, não estou armado. Está achando minhas mãos tortas? Não, são mãos comuns. Torta é a tua espingarda. Puxa, há quanto tempo! Por que você não vai chamar a tua irmã? Ela vai gostar de me ver, estou com saudades da minha esposa. É verdade, tenho muito o que explicar, mas não precisa ser tudo de uma vez. Você ainda acha que eu sou um branco, não é? Por isso suas mãos não largam essa arma. Mas olha mais de perto, vem aqui. Isso? São só uns carrapatos, todo mundo tem. Ah, cunhado! Que bom que você parou de fazer pontaria no meu peito! Acho que estamos indo bem. Vamos pra minha casa! Eu vou na frente, não vou correr. Ah, prefere ficar aqui? Pois ficamos. Prefere segurar a espingarda? Pois segure. Por que tanta desconfiança? E o que tem de mais nesses carrapatos? São grandes, eu sei, e coçam muito também, peguei no mato. Ah! Estou com muita fome, pode me passar aquela pamonha ali no canto? Folhas? Não, não são folhas! Você não está vendo? São pamonhas que eu trouxe na viagem! Quem iria comer folha? Isso não faz sentido. Quer saber onde eu estava, não? O importante é que consegui voltar. Eu vou contar pra você, tenho que contar! Posso me sentar no chão? Ah, claro! No tronco, claro! Tokorom, larga essa .28! Pode deixar perto, só não precisa ficar segurando ela o tempo todo, não é? Espera, espera pra ouvir a minha história! Se você não se convencer, pode me matar. Mas espera eu terminar.

"Imagino que você tenha contado para todo mundo que eu fui pegar a anta que você não matou direito. Não contou pra minha mulher? Tem que contar a verdade pra sua irmã. Pois eu segui o rastro da anta que você não conseguiu acabar de matar. Ia longe, estava bem escuro, mas dava pra sentir o cheiro dela. Dava pra ver que eu estava perto. Caminhei um bom tempo. Ah, cunhado, por que você não mirou direito? Tudo teria sido tão mais fácil! Caminhei até ver uma luz, trêmula, lá no fundo do mato, trêmula, parecia um fogo pequenininho. Fui chegando mais perto, bem devagar, pra não fazer barulho, evitando as folhas secas e os galhos. Quando cheguei perto foi que vi que era uma casa, que nem a nossa, de madeira, telhado, tudo igual. Cunhado, não me olha desse jeito! É verdade! Fiquei de tocaia no mato, com medo de que fosse casa de branco, caçadores, garimpeiros, não sei. Mas esperei. Claro que eu segui as pegadas da anta, Tokorom, elas estavam indo para lá! Se elas entravam na casa, cunhado? Na verdade, não! Quando acabaram as árvores mais altas, ali na terra batida, as pegadas sumiram.

"Sim, é óbvio que a casa ficava num descampado! Quem iria fazer uma casa embaixo das árvores? Para uma árvore cair na tua cabeça? Loucura. Cunhado, larga essa espingarda! Eu estou me explicando, não estou mentindo! Minha boca suja de lama? Não, cunhado! Isso é chicha! Parece que você não enxerga direito! Eu falei que as pegadas sumiram? Bem, não foi exatamente isso. Ainda tinha pegadas indo para a casa! Só que não eram de casco de anta, eram de pé de gente, de dois ou três tamanhos, por todos os lados. Claro que pensei em ir embora, mas queria achar a tua caça, podia ter se escondido por ali, não podia? E também teve outra coisa, ouvi um choro, baixinho, quase um soluço. Foi aí que decidi entrar pra ver. Te chamar? Eu não ia voltar até a moita onde a gente estava; a anta podia fugir. Peguei minha espingarda, ajeitei a mira na minha frente, e fui andando, meio agachado, pra não fazer sombra nem barulho. Não, eu nunca ouvi choro de anta, não, mas isso não quer dizer que elas não chorem, não é mesmo? A tua devia estar ferida. É de ficar triste, concorda? Entrei na casa. Claro que pela porta, por onde mais eu entraria? Tinha um vulto no canto, perto do fogo, estava escuro, o fogo era na verdade uma brasa, não iluminava muito. Fiz pontaria naquela coisa no canto, mas a coisa gritou. Não gritou que nem anta, foi que nem gente mesmo! O que disse? Não disse nada, só gritou, grito de gente encurralada em um canto, quando alguém aponta uma espingarda. Baixei a arma na hora! Ao contrário de você, cunhado, eu não aponto arma pra gente. Ficamos em silêncio na penumbra, ninguém disse nada. Eu estava com medo, não largava a espingarda. Podia chegar alguém pelas minhas costas e me matar. Fiquei com medo e saí. Voltei pro mato, pro escuro, não sei o que deu em mim. Aquele grito mexeu comigo! Fiquei parado ali, não queria entrar, mas não podia ir embora. E de longe ainda escutava o choro. Decidi ver aquilo direito. Arrumei uns galhos, afastei a porta e entrei. Fui até aquela brasinha e fiz um fogo de verdade. Foi aí que eu vi direito aqueles vultos. Eram duas mulheres, com cabelos longos e loiros que brilhavam na luz. Sim, loiros. A pele era branca como as nuvens. Uma delas amamentava um bebê, que tinha manchas escuras pelo corpo, como se estivesse doente. Mas como mamava com vontade!

"Acho que elas estavam com medo de mim e por isso choravam, embora eu tenha visto um fio de sangue descendo pelos cabelos de uma delas, a que amamentava. Mas ela parecia não ligar, deixava o sangue escorrer como se fosse suor. O choro parou. Sentei perto do fogo e a mulher sem filho me trouxe uma cuia de chicha. Eu bebi, mas o gosto era estranho, como se tivesse barro dentro. Não quis ser grosseiro. Perguntaram se eu estava com fome e foi aí que senti aquele aperto no estômago. Tinha tempo que não comia. Disse que estava, sim, e a mulher sem filho falou que ia buscar peixe assado. Minha boca se encheu de água. Mas aí ela chegou com um pratinho com folhas de andiroba, dizendo: 'Pega o teu peixe'. Eu ri. Ela estava querendo brincar comigo, acho que gostou de mim, queria fazer sexo. Eu entrei na brincadeira e mordi a folha, rindo, e falei: 'Que gostoso o teu peixe!'. Ela disse para eu comer tudo o que quisesse, que o cunhado dela tinha saído para caçar e logo ia chegar, que ali não faltava comida. Era divertida aquela moça e tão bonita. E ela se engraçou comigo. A única coisa feia nela eram os joelhos, muito grandes, meio tortos. Me ofereceu uma rede pra deitar e eu caí no sono, com a espingarda do lado, caso a tua anta aparecesse ali perto.

"Quando acordei, já estava de dia e um homem tinha chegado. Estava do lado da mulher com o bebê, devia ser o marido dela. Ele não tinha a pele clara não, era escura como a minha, como a nossa, cunhado. Ele estava de costas, e quando virou achei muito parecido com o meu finado primo Makajo, que morava lá perto do meu pai. Você conheceu ele quando foi me buscar com teu pai para eu casar com a tua irmã. Não se lembra dele? Eu me escondi na casa dele naquele dia que você foi na aldeia. Você estava com uma cara de mau quando foi lá me buscar e eu fugi. Parecia que queria me matar. Me lembra justamente essa tua cara agora.

"Bem, um dia meu primo saiu para caçar sozinho e desapareceu, ninguém mais soube dele. Ele sumiu. Pessoal foi atrás, procurou e nada. Decerto tinha sido levado por algum animal. Se fosse onça, tinha voltado. Se não voltou, podia ter sido outro bicho. Ninguém sabe. Pensei que o homem podia não ser ele, só parecido, não sei. Mas aí ele olhou pra mim e falou: 'Primo Jamain! Você chegou!'. Eu quase desmaiei. Que negócio era aquele de morto falando comigo? Comecei a suar. Mas ele ficou lá. Não era assombração, porque não fugiu com o cheiro do meu suor. Assombração não gosta de suor, você sabe disso, Tokorom? Mas o primo continuou lá, me olhando, falando comigo, tal qual ele mesmo. Não diferia nada. Era ele todinho. Pensei então: não morreu, o primo. Veio é morar com essas mulheres bonitas aqui. Sabido, ele. Fugiu da mulher que tinha, que já tava velha, caída. Essa é bonita, jovem. Então respondi pra ele: 'Primo Makajo, tu tá vivo!'. Ele riu. Era meu primo, todinho, mas tinha alguma coisa diferente nele. Disse que tinha matado queixada, que a mulher ia assar. Veio me mostrar e vi foi uns frutinhos de inajá, daqueles que tinham onde a gente estava na espera naquele dia. Ele tava na brincadeira também. Eu ri e continuei: 'Mas que queixada gordo, primo! Vamos ficar com a barriga cheia'.

"Era uma gente brincalhona aquela, gostava de trocar uma coisa pela outra, de chamar uma comida com o nome de outra coisa, que nem comida era. Eu é que não ia comer inajá cru!

Isso não é jeito de gente comer! Aí eu disse pra ele: 'Primo Makajo, vamos atrás de caça! Eu ainda tenho cartucho aqui comigo'. Ele veio atrás de mim. Não levou arco, flecha nem nada. Veio assim com as mãos soltas. Logo vimos um rastro de caititu. Dava pra sentir a catinga dele. Eu falei baixinho: 'Vamos atrás do caititu'. Ele ficou parado. Parecia que não sabia correr atrás de bicho. Deixei ele lá e entrei pelo mato. Tinha que matar aquele animal, porque naquela casa não tinha comida de verdade, não. Era uma gente esquisita. Dessa vez, cunhado, também acertei de primeira, bem no pescoço do bicho. Ele deu uns passinhos e caiu. Arrumei um cipó, amarrei ele e pendurei nas costas. O primo continuava lá, parado. Quando me viu com o animal morto, ficou todo esquisito, deu um grito e saiu correndo, gritando: 'Onça, onça!'. Eu me assustei. Achei que tinha onça atrás da gente e apontei a espingarda. Mas nada. E ele tinha disparado pra casa. Fui andando devagar, com aquele caititu pesado nas costas. Cheguei lá, joguei minha presa no chão e fui procurar um facão para cortar.

"Mas foi um corre-corre! A mulher do primo saiu em disparada com o filho para o mato e a outra começou a chorar. O primo gritava: 'Onça! Onça!'. E eu não via onça nenhuma, cunhado. Uma coisa estranha aquilo tudo. Parecia até gente de olho virado, que não enxergava direito. Aquelas mulheres branquelas, podia ser que fossem meio cegas, com olhos assim sem cor, mas o primo não, ele via direitinho, com os olhos bem pretinhos, iguais aos meus, aos nossos olhos. Mas agora é que vem o pior, cunhado! Eles disseram que não iam comer aquilo de jeito nenhum, nem provaram. Até parece que ficaram com medo de mim, sentados ali num canto, mastigando aquelas folhas deles. Parecia bicho aquela gente. Eu tive que fazer o fogo sozinho, porque as mulheres não chegaram perto. Arrumei o moquém, coloquei a lenha, deixei lá moqueando e fui pro rio me banhar, tirar aquela catinga de bicho do corpo.

"O primo me seguiu. Mas, cunhado, quando ele tirou o calção, tinha um pau grande demais, mas grande mesmo. Eu não me lembrava do primo com aquele pau grande, não. Aquilo devia furar a mulher dele, não sei como ela aguentava. A coitada, além de comer folha e fazer uma chicha ruim que só, ainda tinha que aguentar aquele pau dentro dela. Aquilo parecia um cano de .28, cunhado! Nunca vi um pau daquele, nunquinha. Deu até medo do primo. Aquilo estava cada vez mais estranho, não tava certo, eu já não tava gostando de ficar ali não, cunhado. Mas a mulher sem filho era jeitosa mesmo, foi me seduzindo e eu fui ficando, ficando. Não conta pra tua irmã, não, faz favor. Ela vai ficar brava comigo. Mas era eu deitar na rede e ela vinha junto, colava em mim, fazia cócegas, provocava. Fui ficando. Cada dia que eu matava um bicho, dava um susto neles. Era tudo onça pra eles, macaco, inhambu, tatu, tudo onça, menos aqueles frutinhos que eles chamavam de queixada e comiam crus. Onde já se viu isso, cunhado? E onde já se viu comer folha dizendo que é peixe? Quem é que come folha, cunhado?

"Era uma gente estranha aquele povo do meu primo Makajo. Eu ia comendo minhas coisas, meus peixes que eu pescava, minha cacinha, mas nada de eles provarem. Parecia que tinham medo de tudo quanto é bicho. Chegava de noite, com muito jeito, a mulher vinha me oferecer a folhinha dela, que ela chamava de peixe, e ali na rede enfiava na minha boca, pedia para eu comer, que ela tinha preparado pra mim. E sabe, cunhado, que eu comecei a me acostumar com aquilo? Até peguei a gostar da tal folhinha, parecia uma piabinha pequena, torradinha. Logo logo comecei a chamar de peixinho, pedia peixinho e ela vinha me trazer, dava na minha boca. Até fiquei com preguiça de caçar, cunhado, comia o peixinho dela e já enchia a barriga. Mas aí aconteceu a coisa ruim, cunhado. Foi que eu dormi e tive um sonho estranho. Uma casa cheia de antas.

"Não, não era a anta que você quase matou. Eram outras antas. Duas menores, uma grande e um bebezinho pintado. Acordei assustado, dei um pulo da rede. A mulher veio atrás de mim com uma cuia de chicha pra me agradar, mas eu vi, cunhado, vi com esses olhos meus mesmo: tinha barro ali na cuia, não tinha chicha, não. Era barro mesmo, daquele do barreiro ali do lado da casa. Eu assustei e falei: 'Tá doida, mulher? Eu vou lá beber barro?'. Ela ficou triste. Disse que tinha preparado a chicha pra mim. Eu calei. Fiquei ali o dia todo, deitado, matutando. De noite, disse que ia cagar e saí correndo. Nem deu tempo de pegar a espingarda. Corri o mais rápido que pude. Cheguei aqui, vi a esteira, decidi descansar um pouco. Aquilo era coisa ruim. Viu, cunhado? Entendeu a minha história agora? Vamos pra casa, cunhado, quero ver minha mulher. Quero comer a pamonha dela."

Tokorom seguiu com Jamain para casa. Pakao estava moendo milho e olhou para o marido sem o reconhecer.

— Sou eu, mulher! Não tá vendo, não? Eu mesmo, todinho eu. Fiquei perdido no mato aí, correndo atrás da anta do teu irmão. Ele não te contou, não? Me perdi. Não, não arrumei outra mulher, não. Tava era perdido mesmo, andando por aí. Não é, cunhado? Estou estranho? Com as pernas tortas? Que isso, mulher? Tá me estranhando por quê? Me dá o menino aqui no colo. Hum, tá chorando, pega ele. Desacostumou. É, tô me coçando mesmo, foi carrapato que peguei. Você cata eles pra mim, mulher? Não são grandes, não, olha! Carrapato de anta? Que isso, mulher? Nunca viu carrapato, não? O que vocês estão assando aí, cunhado? Tô com muita fome! Mas é onça? Vocês deram pra comer onça agora, cunhado? Queixada nada, para de brincadeira. Parece que não sei o que é uma onça. Não vou comer isso, não, cunhado. Pode dar febre. Para de brincadeira. Claro que isso não é queixada. Não tá vendo as pintas? É onça. Vou dormir, tô cansado, já tá tarde da noite. Que dia o quê, gente! Vocês não tão vendo a lua grande lá no céu? Vai dizer que é sol? Para de brincadeira, cunhado. Foi eu ficar uns diazinhos fora e vocês ficaram doidos.

À noite, quando todos dormiam, Jamain saiu para a floresta. Chegou em casa de manhã cedo com o cesto cheio de folhas e chamou a mulher para assar os seus peixes.

Pouco a pouco todos na aldeia foram se habituando aos novos hábitos de Jamain, de trocar palavras e comer coisas estranhas. Sentiam falta das suas histórias, pois ele voltou mais calado, dormia de dia e de noite saía para a floresta. Pakao, sua mulher, parecia satisfeita e chegou a comentar com a irmã que o sexo estava muito melhor, porque o marido tinha voltado com um pau grande, como se tivesse sido mordido por um marimbondo. Mas a mudança que mais agradou a todos foi a destreza que passou a ter como jogador de futebol. Suas pernas um pouco tortas faziam dribles incríveis. Quando, um dia, uma disputada partida de futebol entre a aldeia e a equipe de saúde terminou com o gol da vitória de Jamain, um técnico de enfermagem mais velho colocou nele o apelido de Garrincha.

Bristol, Amazônia

O pub

Dentro do The Attic, um pub pequeno com temática industrial no centro de Bristol, dois amigos conversam. Do outro lado do balcão, atrás das onze saídas de chope, está Romaryk, um polonês alto, de traços quadrados e mãos grandes, que se movem pelas diferentes torneiras com leveza e delicadeza, sempre servindo-os de forma magistral — pints com exatamente meia polegada de espuma, a medida perfeita para conservar o sabor e o aroma da bebida, com exceção da stout, com uma polegada de espuma, devido à sua alta carbonatação. É barman no turno da noite, que, naquela época do ano, começa às três e meia da tarde.

Nas manhãs, sempre nubladas, frias e chuvosas, Romaryk costuma remar no rio Avon, que apazigua um pouco a saudade que sente do Vístula, que corre próximo à casa dos pais em Cracóvia. Após seus exercícios matinais, seguindo o contorno do Avon, pedala até a Universidade de Bristol, onde faz mestrado em sociologia, com especialização em Durkheim.

Naquele início de noite de uma segunda-feira pouco movimentada, ele discretamente prestava atenção no que os dois jovens de pé junto do balcão à sua frente conversavam.

— Lembra da Mercedes e da Hannah da festa de sexta passada? Parece que elas acabaram a festa na Floresta Amazônica.

— Como assim na floresta? A gente estava muito estragado, mas Amazônia é meio estranho, não é? Eu fui dormir só na terça. Acabamos pegando um trem para continuar a festa em Londres, no Mike's. Mas Amazônia é sacanagem. Como isso aconteceu?

— Não tenho certeza, elas não parecem saber também, falaram que colocaram alguma coisa na bebida delas. Mas o que mais faltava na bebida delas? *Uppers*, *downers*, *mollies?* Aquilo era uma poção. De qualquer forma, elas disseram que só se lembram de entrar no banheiro para vomitar e quando abriram a porta para sair estavam ensopadas no meio da floresta.

— Que viagem mais louca!

— Não é? Conseguiram entrar na internet que funciona em uma escola de uma aldeia indígena num canto do Brasil, perto do Peru, e estão mandando áudios para todo mundo para tentar entender o que aconteceu. Acham que estavam doidas o suficiente para terem sido colocadas dentro de um avião e depois levadas de carro para a floresta sem perceber nada. Tudo parece muito estranho. Hannah disse que se lembra de ter vomitado na privada do banheiro do pub, ido até a pia lavar o rosto e bochechar um pouco de água com pasta de dente para tirar o bafo. No fim, retocou o batom vermelho. Tem certeza de que não falou com ninguém até sair do banheiro. Mercedes estava do seu lado e fez o mesmo, embora tenha passado batom rosa, e não vermelho. Estão doidas com os detalhes, tentando descobrir o minuto preciso dessa passagem.

Romaryk já tinha ouvido muita maluquice naquele balcão, mas estava gostando da conversa. Embora estudasse Durkheim, tinha uma simpatia secreta por seu contemporâneo Lévy-Bruhl, um filósofo interessado em povos nativos, especialmente naquilo que ele chamou de participação primitiva, referindo-se à capacidade das pessoas de vários desses povos de se misturar aos animais, transformando-se neles. Gostava dessas coisas inexplicáveis e sabia que de fato aconteciam, mas seu orientador, um catedrático embalsamado, não deixou que prosseguisse os estudos sobre Lévy-Bruhl. Fazer o quê, então, a não ser ler, entediado, a respeito do poder da sociedade sobre os indivíduos? Evidentemente não contara ao orientador — apenas para amigos seletos — que tinha começado um curso de neoxamanismo.

Romaryk foi obrigado a se afastar do balcão e se aproximar da torneira de Guinness para tirar duas *half-pints*, e não pôde acompanhar o resto da conversa dos rapazes pálidos. Na verdade, tinha certa implicância com esses garotos que odiavam o sol, evitando-o nos raros dias em que ele aparecia. Era uma pessoa diurna, solar, que amava o cheiro da grama molhada pelo orvalho.

A aldeia

A cerca de doze mil e quinhentos quilômetros das torneiras de chope de Romaryk, situava-se a aldeia indígena de onde as meninas enviaram as mensagens de celular de que falavam os rapazes no pub. Ali vivia Yawandi, uma jovem de dezesseis anos, baixinha, de cabelos bem pretos que desciam pelos ombros, braços musculosos do trabalho na roça, rosto largo e olhos puxados, que a faziam muitas vezes ser confundida com uma peruana. Era uma ótima tecelã e também muito boa em pintura corporal e de objetos, com urucum e jenipapo. Seus parentes diziam que essas habilidades deviam-se às capacidades de duas de suas almas: a dos olhos e a das mãos. Por causa delas, era também a melhor aluna da turma da oitava série da escola que ficava na aldeia onde vivia com os pais e os oito irmãos mais novos. Desde pequena Yawandi gostava de andar pela floresta sozinha e muitas vezes foi repreendida pelos pais. Diziam que quem fazia aquilo eram os homens que queriam virar xamãs, para encontrar o espírito da sucuri, que depois seria o seu guia. Mas Yawandi continuava a escapulir quando ninguém estava olhando, até que por fim desistiram de repreendê-la. Decidiram que era uma menina estranha e pronto, não havia nada a fazer.

Cerca de um ano antes, em um sábado de manhã, percorrera, como sempre fazia, a trilha que ia até um pequeno lago que usava como ponto de descanso em suas caminhadas. Em um buraco que havia cavado e tampado com uma pedra, ela guardava cabaças cheias de água, farinha de milho torrada, farinha de mandioca amarela pubada e, em uma cabacinha pequena, que ela mesma pintara com desenhos geométricos, bem tapada com uma rolha de sabugo, um pouco de chicha de milho, que ela sempre encontrava deliciosamente fermentada ao chegar. Estava sentada ao lado do buraco, bebericando tranquila a sua chicha, quando ouviu um som estranho, que parecia um gemido vindo direto do lago. Ficou parada, imóvel, esperando. Assustada, viu sair da água um espírito na forma de um jovem muito branco, de cabelos e olhos claros, vestindo uma camisa de futebol, calças largas, tênis de cano alto detonados e um casaco de nylon grosso, como se fosse uma capa de chuva com enchimento. Estava completamente encharcado. Parecia desorientado e balbuciava palavras que ela não conhecia. Yawandi ofereceu-lhe a cabaça de água, que ele bebeu com avidez, como se estivesse de ressaca. Sentou-se de frente para ela e começou a chorar e a falar rápido coisas que ela não entendia. Depois de um tempo, levantou-se, seguiu pela trilha e desapareceu de vista.

Yawandi ficou um ano sem voltar ao lago, até que, em uma manhã de domingo, logo após o nascer do sol, resolveu dar novamente uma espiada no seu lugar secreto e renovar o estoque de água, farinha e chicha, pois o que estava lá sem dúvida havia estragado. Tudo parecia tranquilo. Retirou a pedra do buraco, colocou lá dentro as novas cabaças de água e farinha e foi se sentar para bebericar a chicha. A cabacinha ainda estava pela metade quando ela viu sair de dentro do lago duas jovens, uma loira e outra morena, de cabelos bem pretos, com vestidos muito curtos de alcinha e descalças, segurando botas coloridas brilhantes de salto agulha. Estavam abraçadas e tinham manchas escuras de maquiagem escorrendo pelo rosto. Estranhos espíritos, pensou Yawandi. Jamais ouvira os xamãs falarem em espíritos como aqueles que apareciam por ali, vestidos e ainda por cima usando botas. Dessa vez resolveu averiguar e falou com elas em sua língua.

Com os olhos borrados agora arregalados, as moças olhavam para Yawandi e para a floresta, para Yawandi e para a floresta, como se estivessem acompanhando uma bola em um jogo de pingue-pongue. As formigas-de-fogo que começaram a subir por suas pernas as tiraram do estupor. Desajeitadas, elas tentavam matá-las com tapas, ao mesmo tempo que, pulando, procuravam, sem sucesso, calçar as botas. Yawandi pegou uma das cabaças de água no buraco e estendeu o braço em direção a elas. Hannah, desesperada de sede, bebeu de um só fôlego, passando para Mercedes, cujas mãos tremiam ao segurar a cabaça. Passaram a fazer perguntas na língua que Yawandi agora reconhecia como inglês, que tinha começado a aprender na escola, embora não conseguisse entender o que elas diziam. Ocorreu-lhe então falar em português. Quem sabe? Subitamente, Mercedes parou de tremer e começou a prestar atenção: guatemalteca, logo reconheceu palavras muito próximas de sua língua materna e passou a traduzir a fala de Yawandi para Hannah.

Yawandi perguntava-lhes que tipo de espírito eram, de onde tinham vindo, o que queriam ali. Mercedes, em um espanhol pausado, tentava explicar que não eram espíritos coisa nenhuma, mas moradoras de Bristol, e que a última coisa de que se lembravam era de estarem no banheiro de um pub. *Venimos de Bristol, Inglaterra. Estábamos en una fiesta.* Como Yawandi pareceu entender, logo passaram às perguntas. Queriam saber onde estavam, quem era Yawandi, como tinham ido parar ali. *¿Dónde estamos? ¿Quién eres tú? ¿Cómo llegamos aquí?* Yawandi disse-lhes que estavam no Brasil, no estado do Acre, próximo à fronteira com o Peru. Ali perto se encontrava a sua aldeia, onde ela vivia com seus parentes.

Mercedes ouvia atordoada e traduzia para uma Hannah ainda mais espantada. Como viemos parar aqui?, perguntavam-se. O que vamos fazer? Mais uma vez recapitularam os últimos momentos no pub em busca de detalhes, e ambas se lembraram de que haviam saído no pequeno hall, forrado de veludo vinho, para onde se abriam as portas dos banheiros masculino e feminino. Sim, chegaram a ver a foto em preto e branco de Jim Morrison pendurada, ao lado de um autorretrato em polaroide autografado por Patti Smith, que por sinal estava torto, e Mercedes, muito bêbada, ao tentar ajeitá-lo deixou-o ainda mais inclinado.

Ao lado delas, sem entender o que falavam, Yawandi olhava com atenção seus gestos, analisava suas roupas e admirava suas botas coloridas e brilhantes. De repente as moças pararam de conversar entre si e Mercedes dirigiu-se a Yawandi: "*¿Hay internet aquí? Necesitamos enviar un mensaje*". Sim, tinham instalado uma antena em sua aldeia havia menos de um mês, ao lado da escola, e ali se conseguia sinal. Não sabia como fariam para andar com as botas de salto alto. Se fossem descalças, seria pior ainda, pois certamente teriam os pés esfolados nos primeiros dez minutos de caminhada. Mandou que calçassem as botas e elas obedeceram sem hesitar, limpando os pés com as mãos e estendendo as pernas para enfiar os calçados. E seguiram tropeçando, caindo e gritando o que pareciam ser palavrões em inglês. Continuavam sedentas e volta e meia pediam a cabaça de água para Yawandi.

Quando viram ao longe os primeiros telhados de palha da aldeia, as duas empacaram. E se fossem indígenas ferozes e as atacassem? E se aquilo tudo fosse uma armadilha? Mais uma vez puseram-se a conversar entre si. Enquanto isso Yawandi aproveitou para colher uns frutos de jatobá caídos em um cesto improvisado, trançado rapidamente a partir de uma folha de palmeira. Aquela alma das mãos tinha muita utilidade.

À medida que entravam na aldeia, uma longa fila de crianças passou a segui-las, e depois delas começaram a aparecer adultos. As três moças andavam sem olhar para trás, em linha reta, e pararam somente na casa dos pais de Yawandi. Seus irmãos as rodearam, falando todos ao mesmo tempo, tocando as estrangeiras e sentindo o forte cheiro de cigarro que exalava de suas roupas. Todos começaram a fazer perguntas e no fim ninguém ouvia ninguém. Hannah e Mercedes foram levadas por Yawandi até a sua rede e ficaram ali sentadas balançando as pernas, esperando, enquanto Yawandi tentava explicar os detalhes do que estava acontecendo. Ao dizer que as moças não faziam ideia de como tinham chegado à floresta, todos puseram-se a discutir se eram gente de verdade, inimigos ou espíritos. O que estariam fazendo ali? Não que não conhecessem diferentes tipos de brancos, dentre eles muitos gringos, que peregrinavam por ali, vindos do Peru e mesmo dos Estados Unidos, para tomar ayahuasca. Mas eles costumavam chegar de barco, trazendo grandes mochilas, com mosquiteiros e sacos de dormir, além de uma bolsa de medicamentos com antibióticos, ataduras, cloroquina e quinino contra a malária. Usavam roupas surradas, e os rapazes tinham barbas densas e cabelos compridos presos em um coque no alto da cabeça. Ao contrário daquelas moças saídas de dentro da gruta com minúsculas bolsas a tiracolo e botas de salto, eles sabiam exatamente de onde tinham vindo e como haviam chegado ali.

Decidiram ficar com as moças, domesticá-las como se faz com espíritos da floresta, que são alimentados e cuidados para que se transformem em aliados e auxiliares. Yawandi levou-as até o lugar em que poderiam acessar a internet, deu-lhes a senha e as deixou ali, mandando mensagens dos celulares. As baterias estavam acabando, e no corre-corre desesperado conseguiram um carregador com um rapaz que tinha um aparelho da mesma marca. Enquanto digitavam ferozmente com as suas unhas compridas pintadas de verde (Hannah) e roxo (Mercedes), Yawandi voltou para casa e atou duas novas redes ao lado da sua. Ela mesma as tinha tecido com fibra de algodão e pintado com desenhos geométricos pretos. Sua intenção era vendê-las quando algum branco fosse visitar a aldeia. Os ayahuasqueiros nunca tinham dinheiro, mas quando chegavam os gringos das ONGs a coisa mudava, pois eram loucos por artesanato e pagavam o que pedissem, usando um termo estranho, *fair trade*.

As moças voltaram para casa, agora usando as havaianas meio arrebentadas emprestadas por duas mulheres que se apiedaram de seus pés. Estavam mais aliviadas por terem conseguido contatar alguns amigos e familiares, embora ninguém acreditasse na história que contavam. Os pais de Mercedes, lá em La Nueva Guatemala de la Asunción, concluíram ter sido um sequestro por guerrilheiros, enquanto os pais de Hannah, moradores de Londres, não deram nenhum sinal de preocupação. Conhecendo a filha, tiveram certeza de que, drogada, tinha tomado um avião para o Peru. Na última mensagem de WhatsApp, disseram a Hannah que arrumasse um jeito de retornar, pois, se tinha conseguido chegar, certamente encontraria o caminho de volta. Mercedes nem chegou a pedir dinheiro para os pais, porque eles não tinham. Escreveram-lhe dizendo que estavam pedindo por ela à padroeira Nossa Senhora do Rosário e que depois do almoço iriam à igreja acender duas grandes velas, do maior tamanho que encontrassem, no altar da santa.

Resolveram então pedir dinheiro aos amigos que estavam on-line, mas os problemas eram muitos. Como fazer as libras esterlinas chegarem em reais à Floresta Amazônica? Yawandi lembrou-se de um seringueiro que vivia ali perto, tinha uma conta no banco e guardava o próprio cartão, ao contrário dos indígenas que os deixavam com comerciantes da cidade e estavam sempre endividados. Voltando à escola, prepararam um e-mail coletivo com os dados da conta do Banco do Brasil, o CPF e o nome do seringueiro, Valdecir Jesus da Silva, implorando que depositassem nela libras esterlinas o suficiente para as viagens dc ônibus, avião e trem que deveriam fazer para chegar até Bristol. Enviaram a mensagem torcendo para que os amigos se reunissem para ajudá-las, caso acreditassem na história, é claro. As duas, agora já totalmente adaptadas às sandálias havaianas, voltaram à casa de Yawandi, seguidas por uma legião de crianças que insistiam em tocar seus vestidos. Yawandi apontou as duas redes para que se deitassem, e elas adormeceram na hora, um sono pesado e sem sonhos, em posição fetal. Ninguém as perturbou. A casa cheirava à fumaça das panelas das mulheres que preparavam peixe cozido. Hannah acordou sobressaltada no meio da noite e foi se deitar na rede com Mercedes. De manhã, Yawandi as encontrou dormindo abraçadas. Mesmo estranhando um pouco o sabor, gostaram do peixe acompanhado de farinha de mandioca pubada.

Passada a agitação da casa na manhã, quando todos saíram para as suas roças ou para caçar, Yawandi começou a contar a elas algumas histórias sobre o seu povo, que tinha escutado do avô quando era criança. A primeira foi a de uma sucuri que ensinou a uma mulher, falando direto em seu ouvido, os desenhos geométricos que se assemelhavam aos desenhos de sua pele. A mesma sucuri, com forma de mulher, era a dona da ayahuasca e um dia atraiu para a água um homem, que se casou com ela. Quando ela preparava a ayahuasca, ele insistia em beber, mas ela não deixava. Certo dia, ele conseguiu escapar da vigilância e bebeu o líquido. Em suas mirações, percebeu que estava vivendo em meio a sucuris e quis voltar para casa, onde havia deixado sua esposa humana.

Mercedes traduzia para Hannah, e ambas riam das histórias, que lembravam os seus contos de fadas. Yawandi então pediu que elas lhe contassem as histórias do povo da Inglaterra, onde viviam. Novamente com a tradução de Mercedes, Hannah contou sobre uma ilha longínqua e chuvosa, onde havia cavalos, cavaleiros, caciques e um tipo de lagartixa grande com asas, que cuspia fogo. O mais famoso dos caciques chamava-se Arthur. Tinha uma grande casa com uma mesa redonda no centro, em torno da qual reuniam-se doze de seus amigos guerreiros.

— Mas esse não é Jesus? — perguntou Yawandi.

Hannah se deu conta de que o seu povo tinha mesmo mania do número doze e continuou.

Arthur tinha sido criado por um poderoso xamã, Merlin, um velho de barba branca, que fazia sopas mágicas em um caldeirão. Para se tornar cacique, Arthur teve que tirar uma espada de ferro que estava cravada em uma pedra. Outros tinham tentado antes dele, mas o rapazote chegou lá, fraquinho como era, e na maior facilidade puxou a espada, que quase o fez cair para trás (Hannah, na verdade, lembrava-se mais do desenho animado, que vira quando criança, do que da lenda propriamente dita).

Yawandi ria muito daquelas histórias dos espíritos. Achava que a Inglaterra deveria ser uma ilha de pessoas muito felizes, pois com aquelas lagartixas cuspidoras de chamas nunca precisariam se preocupar com fósforos ou em manter o fogo aceso.

Hannah, a seu pedido, desenhou em um caderno pautado o poderoso xamã, Merlin, que, como os mais antigos e poderosos xamãs do povo de Yawandi, não precisava de ayahuasca para ter visões e podia sozinho virar qualquer animal, grande ou pequeno, e viajar por todos os rios e florestas. Yawandi perguntou se ela sabia os nomes desses doze guerreiros de Arthur, e Hannah, por acaso, se lembrava de alguns deles, devido a um trabalho que tinha feito em seu tempo de escola: "Breunor, Cador, Dinadan, Lancelot, Lamorak, Percival, Urien". Yawandi anotou os nomes em seu caderno, embaixo do desenho de Merlin. Ia contar para as mulheres, para elas colocarem nos filhos. Sempre buscavam nomes novos, de preferência estrangeiros, e ela sabia que esses seriam um total sucesso.

Permaneceram ali duas semanas, entre idas à roça, coleta de frutos e mel (que adoraram, a não ser pelas abelhas que grudaram em seus cabelos quando tocaram neles com as mãos cheias de mel na hora em que pegavam a colmeia). Era uma segunda-feira de muito sol quando Valdecir foi avisar que no dia seguinte iria descer o rio em sua rabeta de 12 HP até a cidade mais próxima, para fazer compras. Poderia levá-las para que vissem se o dinheiro tinha sido depositado pelos amigos. De lá, pegariam um ônibus até a capital, Rio Branco, de onde poderiam embarcar em um avião para São Paulo, e de lá para Londres.

Yawandi explicou melhor a fala meio confusa de Valdecir para Mercedes, que traduziu para Hannah, a qual aceitou de imediato. Embora estivesse adaptada à vida da aldeia e até gostando da comida, da rede e das histórias de Yawandi, estava doida para tomar uma pint de Guinness no The Attic. Chegara mesmo a sonhar com isso uma noite, e acordou com a sensação da cerveja espessa, escura, descendo pela garganta. Ao partir, deixaram com Yawandi e sua irmã mais nova as botas coloridas, os microvestidos e as microbolsas. Naquele ponto, já se vestiam com roupas locais: saias de pano até o joelho e blusas de malha justas, além das velhas sandálias Havaianas.

Ao chegarem à pequena cidade, quiseram na hora voltar para a aldeia. Era um lugarzinho abandonado e triste. Mas seguiram com Valdecir até o banco e, para a surpresa das duas, lá estava o dinheiro. Seus amigos bêbados prestavam para alguma coisa. Ligaram para os pais. Ao saberem que a filha havia se libertado dos guerrilheiros, os pais de Mercedes acenderam novas velas em agradecimento à Nossa Senhora do Rosário e foram às casas dos vizinhos para dar a notícia. Os pais de Hannah não puderam atendê-la porque estavam, bem no momento em que ela ligou, na academia com o personal trainer, cuja hora de trabalho custava tão caro que não podia ser interrompida.

Imediatamente tomaram o ônibus para Rio Branco, onde permaneceram por mais uma semana esperando que seus passaportes chegassem por Fedex no hotel em que se hospedaram. Era, na verdade, uma espelunca onde corriam baratas, porque os muquiranas dos amigos não tinham depositado um extra decente para as despesas. Só queriam gastar com cervejas e drogas. Decidiram ficar no quarto do hotel até o dia dos voos Rio Branco-São Paulo-Londres e saíam somente para comprar os mistos-quentes na lanchonete ao lado, que comiam no café da manhã, no almoço e no jantar (às vezes trocavam por queijo-quente). Como era possível que uma viagem de ida tão rápida exigisse uma volta de dias a fio em rabeta, ônibus, avião e, no fim, um trem até Bristol?

Um mês depois, Yawandi recebeu um cartão-postal trazido por Valdecir em uma de suas viagens. De um lado, tinha a foto de um relógio que mais parecia uma torre, com grandes ponteiros que marcavam 10h15. No verso, em um português quase incompreensível, os espíritos diziam que estavam bem, sentiam saudades dela e lhe mandavam muitos beijos. Enviaram junto um embrulho com um estojo de maquiagem e os quatro volumes de *As brumas de Avalon*, em uma versão em português de Portugal, que Yawandi logo começou a ler.

Um ano depois, a cobra

Aos sábados, Romaryk trabalhava no último turno no The Attic, frequentado por ingleses que temiam os próprios lares. Por volta da meia-noite encerrava o bar e começava a limpar o balcão. Naquele sábado, tomara coragem para fazer uma pergunta à última cliente, uma moça loira que era frequentadora assídua do pub e que passava as noites entre o banheiro feminino e o bar, onde costumava pedir uma pint de stout ou uma piña colada. Esvaziava um copo e ia até o banheiro, onde ficava por uns quinze minutos antes de retornar ao bar. No início, Romaryk pensou que ela vendia drogas. Movido mais por curiosidade do que por preocupação, pediu que uma de suas colegas, que trabalhava no caixa, fosse até o banheiro averiguar. Surpreso, ouviu da investigadora que a moça simplesmente arrumava o cabelo, tirava o batom, passava outro de uma cor diferente e retocava a maquiagem. Fizera isso doze vezes naquela noite e, mesmo bastante alcoolizada com as sucessivas pints e piñas coladas, não deixava de exibir uma maquiagem impecável.

— Desculpe-me, a senhorita aceitaria uma bebida por conta da casa? — perguntou Romaryk de forma polida e britânica, com um leve sotaque polonês. E acrescentou: — Um bônus para uma de nossas mais fiéis clientes.

Hannah se sentou junto ao balcão em frente a ele:

— Por que não? Acho que mais um drinque não vai me impedir de chegar em casa.

Romaryk preparou uma piña colada, enquanto ela tirava um caderno da bolsa e fazia uma anotação.

— Desculpe perguntar, tenho notado que você vem aqui todos os sábados há bastante tempo, mas nunca te vi conversando com alguém.

— E...? — perguntou ela.

— E... eu estou curioso para saber o que você faz aqui.

— É uma longa história — disse ainda olhando para o caderno.

— Tempo não é problema para mim. Tenho bastante copo para lavar — respondeu Romaryk, com o melhor sorriso sedutor que pôde produzir.

— Você provavelmente vai rir de mim e eu não te conheço o suficiente para saber se você é uma pessoa confiável.

— Desculpe. Eu não deveria ter feito essa pergunta. De fato, o que você faz aqui não é da minha conta. Prefiro acreditar que você vem aqui pelos meus drinques.

— Eles são maravilhosos, sobretudo sua piña colada.

Hannah olhou-o demoradamente e pensou se deveria perguntar àquele adorável homem que enxugava copos na sua frente, de ombros largos e mãos suaves, se ele tinha namorada, e pedir seu telefone. Pensou também em justificar seu comportamento um tanto inusitado ao longo do último ano, abrindo e fechando a maldita porta daquele infeliz banheiro diversas vezes, de inúmeras formas, tentando provar para si mesma que não estava louca. Quis também perguntar qual era o segredo daquele drinque: será que o que dava aquele gostinho diferente era cardamomo? O que havia ali, afinal, que não permitia que ela reproduzisse o mesmo sabor em casa? E, por algum motivo, cuja razão não conseguira traçar com clareza, queria lhe perguntar se fazia sentido a angústia que sentia no coração quando se deitava à noite na cama e pensava se conseguiria um emprego quando terminasse o mestrado em física. Ou será que, sem emprego, acabaria por se casar com alguém que lhe desse filhos bonitos em um adorável apartamento no Westside, junto do rio, mas não próximo o suficiente para ouvir aqueles insuportáveis remadores que passavam ainda de madrugada, cantando e gritando? Por alguma razão incompreensível, queria dizer para aquele homem que mal conhecia que nesses momentos deitava-se na rede azul com varanda amarela, comprada em Rio Branco, instalada em cima de sua cama. Balançando-se de olhos fechados, lembrava-se dos cantos de Yawandi, do cheiro de peixe cozido, da farinha sendo torrada, e se tranquilizava. Mas, em vez de falar, Hannah sorveu o drinque de olhos fechados, em silêncio, volta e meia virando o pescoço para examinar a entrada do banheiro.

Quando Romaryk, distraído com os copos, voltou-se novamente para olhar a sua estranha cliente, encontrou o assento tão vazio quanto a taça de piña colada com marcas de batom alaranjado. Um olhar mais atento revelou um pequeno caderno de couro verde-escuro largado sobre a banqueta. Correu até a porta, mas não havia vivalma na rua. Na tentativa de encontrar alguma pista que lhe permitisse devolver o caderno à dona, resolveu abri-lo, não sem antes refletir se não seria mais sensato esperar até o próximo sábado, quando, tudo indicava, ela estaria ali de novo, saindo e voltando do banheiro, e sorvendo seus drinques. Ao folhear o caderno, encontrou um nome na contracapa, Hannah, e um telefone de contato. Dentro, em letras arredondadas, uma sucessão de tabelas que combinavam cores de batom com tipos de bebidas e horários da noite. Ao terminar de folheá-lo, enviou uma mensagem para a proprietária do caderno, que prontamente agradeceu, pediu que o guardasse com cuidado e disse que iria buscá-lo no sábado seguinte.

Na quarta à tarde, saindo de mais uma reunião maçante de seu grupo de estudos sobre Durkheim, que se passara, como todas as demais, em uma sala que cheirava a pretensão e brandy, seguiu para o seu turno no The Attic. Tinha optado por ir de bicicleta, mesmo com a garoa que caía havia dois dias. Não seria oprimido pela sociedade nem pelo clima e de fato não se incomodava em pedalar na chuva.

Ao chegar ao pub, encontrou seus colegas atônitos olhando para a jovem de cabelos negros e cara de latina, aos prantos nos braços da moça do caixa. Estava confusa e perdida, e parecia não entender nada do que falavam com ela. Ninguém ali a tinha visto entrar. Entendeu que a forma britânica para lidar com aquela situação seria oferecer a ela um Earl Grey com açúcar, com um leve toque de leite integral. Ela pareceu reconfortada com o chá. Um pouco mais calma, proferiu algumas palavras no que parecia ser espanhol, que por sorte Romaryk tinha estudado na escola.

A mocinha estava muito assustada, perguntando que lugar era aquele. Ao ser informada de que estava na Inglaterra, ficou em silêncio por algum tempo. Passados alguns minutos, perguntou se eles conheciam o cacique Arthur ou se sabiam de uma lagartixa grande que cuspia fogo. Em troca, recebeu olhares espantados. Depois de alguns minutos de introspecção, perguntou por Mercedes e Hannah e as descreveu em detalhes. Romaryk, atônito, procurou Hannah em seu celular e mostrou à moça sua foto. Yawandi abriu um enorme sorriso de alívio e pediu que a chamassem.

Pela primeira vez desde que começara a trabalhar no pub, Romaryk serviu uma pint de Guinness para si mesmo, com aquela espuma densa de que tanto gostava. Sentou-se junto ao balcão e mandou uma foto da moça para Hannah, que em menos de um minuto retornou com uma ligação.

— Estou indo praí agora. Por favor, cuidem bem dela!

Hannah chegou esbaforida e dirigiu-se diretamente à mesa onde Yawandi estava sentada, com os olhos perdidos ao longe. Na sua frente estava um prato de *fish and chips*, ainda intocado. Abraçaram-se. Enquanto tentavam trocar algumas palavras, Hannah fez com que Yawandi provasse da comida. Gostou tanto do peixe que raspou o prato, arrematando com o último gole de Earl Grey de sua xícara. Um pouco mais calma e alimentada, Yawandi começou a contar a Hannah o que havia se passado antes de chegar ali.

— Saí de casa bem cedo, carregando em uma mão uma cesta com uma cabeça de cotia assada, misturada com farinha de mandioca. Na outra eu levava uma cabaça pintada com desenhos geométricos, com chicha de milho começando a azedar. Me sentei na beira do lago para comer a cotia e comecei a cantar as músicas da cobra dona da ayahuasca, que minha avó havia me ensinado. Daquelas canções que fazem as mãos desenharem as linhas certas sobre as cabaças e os tecidos. Ah, lembro agora que vi no chão uma pedra arredondada, que achei bonita e peguei. Fui imediatamente engolida pelo lago e vim parar naquele banheiro ali.

Romaryk achou fascinante a história, de cobras, desenhos e transformações, e mais uma vez pôs-se a pensar se não deveria enfrentar o orientador durkheimiano e dedicar sua tese a Lévy-Bruhl.

Hannah finalmente contou a Romaryk o que tinha se passado com ela e uma amiga havia mais ou menos um ano, no hall de entrada dos banheiros do pub. Logo entenderam que aquilo estava relacionado à chegada de Yawandi. Hannah mostrou algumas fotos no celular, das três na aldeia tomando banho de rio e deitadas à noite na rede. Todos concordaram que se tratava de uma experiência um tanto quanto curiosa. Yawandi pediu um celular emprestado e enviou uma mensagem pelo Facebook para seus irmãos, dizendo que tinha chegado na casa de Hannah, que estava bem e que ia demorar um pouco para voltar. Não responderam. Estavam todos acostumados com os desaparecimentos dela.

Na tentativa de resolver aquele problema de uma vez por todas, Romaryk entrou com elas no banheiro feminino e cada um abriu a porta sem que, por infelicidade ou sorte, fossem parar em aldeia alguma. Por fim, Hannah ofereceu a Yawandi seu casaco e a levou para casa. Romaryk se serviu de uma dose de vodca. Nada mais clichê do que um polonês bebendo vodca, mas quem estaria lá para julgá-lo?, pensou.

Os dias seguintes em Bristol foram cheios de descobertas para Yawandi, que não tinha mais pressa em voltar para a aldeia. Hannah gentilmente lhe cedera a rede sobre a sua cama, e ela passou a se sentir em casa. Todos os sábados iam ao pub, onde encontravam Romaryk, que ficava feliz em vê-las e se acostumou a oferecer a elas drinques gratuitos, além do chá para Yawandi. Ela decidiu que preferia Lapsang Souchong a Earl Grey, pois aquele lhe lembrava as carnes defumadas de sua aldeia. As duas faziam repetidamente o percurso do banheiro para o hall e de lá para o bar, trocando a maquiagem e a cor do batom, pois Hannah suspeitava que ali estava a chave da questão. Suas notas no caderno de capa verde cobriam mais e mais páginas, as quais Hannah fotografava e enviava para Mercedes, que havia retornado para a Guatemala depois da estranha experiência.

Nos dias menos frios, sem ter o que fazer e sem dinheiro, assim que Hannah saía para a universidade, Yawandi descia os três lances de escada do prédio na Sussex Street e punha-se a perambular pelas ruas, andando quilômetros a fio sem se cansar, tantas eram as novidades. Geralmente, caminhava até a Avon Street, que margeava o rio, e seguia para o Castle Park, um lugar com um grande gramado, muitas árvores de um mesmo tipo (coisa que achava estranha) e muitas flores organizadas por cores, o que ela também não compreendia. Não via frutos, como em sua floresta. Ninguém plantava nada naquele pedaço de terra, o que lhe parecia incompreensível. As pessoas apenas andavam para lá e para cá, e algumas se sentavam na grama para comer coisas que pareciam ter trazido de casa. Ao contrário do que faziam os seus parentes, não saíam de casa para procurar comida, mas caminhavam para longe de casa já levando a comida. Gostava especialmente de um castelo abandonado, todo feito de pedras, e ficava imaginando quem teria carregado todas elas até ali e como as teriam colocado uma em cima da outra sem que despencassem.

Caminhando pela beira do Avon, admirava-se em ver rapazes remando naquele frio. Suas canoas eram compridas e, em vez de uma pessoa remar atrás enquanto as outras se sentavam na frente, várias pessoas remavam ao mesmo tempo, distribuídas pela canoa. Não entendia como conseguiam remar todos juntos sem fazer a canoa rodar.

Certo dia, Yawandi resolveu andar mais um pouco e, ao chegar a Anchor Square, viu uma placa dizendo "Bristol Aquarium". Seguiu naquela direção. Não tinha dinheiro para entrar e ficou parada na porta vendo os cartazes com fotos de peixes estranhos, alguns aparentemente muito grandes. Naquela noite pediu a Hannah, em uma mistura de fala e gestos, que tentasse vender o colar de miçangas que usava, porque queria conseguir dinheiro para ir ver os peixes. Diante do interesse imediato de uma professora de Hannah, na noite seguinte Yawandi já tinha em mãos os pounds necessários, e de manhã seguiu direto para o aquário, dessa vez sem parar no parque.

Foi a coisa mais impressionante que viu na vida. Peixes de todas as cores em grandes engradados de vidro, que ocupavam vários andares. Ficavam todos juntos e Yawandi não entendia por que os grandes não comiam os pequenos. Ficavam só passeando, para lá e para cá, como as pessoas que andavam no parque, sem procurar comida. De repente, entrou em uma espécie de túnel de vidro, que a fez pensar que estava dentro da água, com os peixes em volta. Ao sair, viu um bicho muito estranho, com uma cabeça grande e muitas patas que se mexiam desorganizadamente. Ao lado estava escrito "*octopus*", nome que ela guardou para perguntar o significado a Hannah. Viu também um engradado com peixinhos muito coloridos, idênticos aos de um desenho animado que viu na televisão assim que chegou a Bristol, onde peixes falantes procuravam um peixe listrado perdido, chamado Nemo. Viu também uns bichinhos que pareciam cavalos, só que verticais e sem patas. De onde vinham aquelas criaturas?

Após se agachar para enfiar a cabeça em um capacete de vidro, em torno do qual os peixes ficavam nadando, Yawandi seguiu por um corredor onde eram exibidos alguns répteis, deitados sobre a areia à beira de uma poça de água. De repente arregalou os olhos sem acreditar no que via. Lá estava a grande sucuri, enroscada em um galho caído.

A cobra levantou a cabeça e se deslocou em direção a Yawandi, que lentamente se aproximou do vidro. Por um longo momento as duas mantiveram o olhar fixo, até que a cobra começou a se mover de forma ritmada, como em uma dança, fazendo círculos e espirais. Yawandi passou então a escutar uma voz melódica, que parecia vir da própria cobra.

Menina, Menina,
Tecelã do Purus,
Me apaixonei por um homem loiro.
Embaixo d'água fizemos nosso lar.
Mas a razão lhe faltou,
Por excesso de bebida,
Para a sua terra ele voltou.
Por isso estou aqui.
Um portal eu abri,
Para por lá poder sair.
O homem ingrato me abandonou,
E aqui me escondi.
Para o portal você deve me levar,
Já é hora de voltar.

O canto em sua língua fez Yawandi sentir saudades de casa. Propôs então um trato à cobra: ela a levaria até o portal e em troca aprenderia o seu segredo, para que também pudesse retornar à floresta. A cobra pareceu concordar e logo depois o vidro do terrário se estilhaçou. Entre fumaça e gritos dos visitantes, Yawandi pôde sentir a cobra se entrelaçando em sua perna e entrando em sua mochila.

Mesmo com o enorme peso às costas, Yawandi conseguiu caminhar até o pub. Em seu costumeiro diálogo espanhol-português, tentou explicar a Romaryk a situação do melhor modo que pôde. Teve sorte por ser aquele o momento exato em que, em seu curso de neoxamanismo, Romaryk procurava o seu animal-guia. O polonês entendeu aquilo como um aviso cósmico. Ajudou-a a retirar a cobra da mochila, forrou com alguns panos um canto do depósito do pub e a pousou com muito cuidado. Para a surpresa de Yawandi, a cobra olhava fixamente para o polonês e, se é que se pode dizer uma coisa dessas sobre uma cobra, parecia sorrir. Ela gostava de estrangeiros, concluiu Yawandi. Levaram-na até o banheiro para tentar resolver o mistério, mas a cobra ficou ali parada, como se não reconhecesse o lugar. Resignados, levaram-na de volta para o seu cantinho no depósito, onde passou a viver.

Todos os dias, ao fechar o bar, Romaryk ia até a cobra, sentava-se em um banquinho e contava a ela sobre sua vida, chegando até mesmo a falar dos novos drinques que havia inventado. Mesmo diante do silêncio da cobra, ele sabia que ela o compreendia, pois o olhava fixamente. Com o tempo, entretanto, passou a ouvir alguns sussurros, que pouco a pouco foram se transformando em palavras e, por fim, em frases. De homem solitário e calado, Romaryk tornou-se sorridente e pôs-se a cantarolar canções em uma língua desconhecida e a fazer lindos desenhos geométricos no quadro-negro no fundo do pub, que costumava ser usado para anotar os resultados das partidas de dardos. Além das bebidas, sobretudo a sua famosa piña colada, Romaryk passou a oferecer à cobra cigarros de haxixe e adesivos de LSD. Acostumada somente com a ayahuasca, ela deliciou-se com as sensações das novas drogas e aproveitou para compor novas canções, que ensinaria aos indígenas no dia em que voltasse. Bem, isso se ela voltasse. Na verdade, a cobra tinha planos de transformar Romaryk em seu terceiro marido. Agora, entretanto, não precisaria esconder dele a sua droga para que não a visse como uma cobra. Ao contrário, eram as drogas de Romaryk que começaram a mudar a sua visão, que agora o encarava cada vez mais como um igual, como uma cobra como ela. Estava apaixonada de novo.

Todo fim de tarde, na hora do intervalo de Romaryk no bar, Yawandi convidava Hannah para ir ao pub, na esperança de que ele convencesse a cobra a ensinar o segredo do portal. Fazia já muito tempo que Yawandi saíra de sua aldeia e, embora estivesse contente ali, sentia muita saudade de seus parentes. Mas em vão. Além de o polonês não ajudar em nada por não querer que a cobra partisse, as moças a encontravam sempre em um estado de torpor, como que embriagada, largada ali no chão do pub como se estivesse em casa.

Certa noite, Romaryk, exausto após um dia especialmente cansativo de trabalho e cada vez mais desiludido com os seus estudos de sociologia durkheimiana, teve uma ideia que lhe pareceu perfeita, caso pudesse contar com a aprovação da cobra. Oferecendo-lhe uma bela taça de piña colada, fez-lhe a seguinte proposta: e se, através do portal, abrissem uma linha direta de turismo ayahuasqueiro entre Bristol e a aldeia indígena? Com o dinheiro cobrado de jovens executivos ricos com interesses ecológicos, preocupados com as pegadas de carbono das viagens aéreas e ávidos por experiências exóticas para relatar em reuniões de amigos, Romaryk teria a possibilidade de abrir um pub só seu, inventar todos os drinques que quisesse, além de poder visitar a Amazônia sempre que desejasse.

Apaixonada de novo, a cobra por fim decidiu fazer o portal funcionar, revelando a chave do mistério: atrás da fotografia de Patti Smith havia um padrão geométrico; quando a moldura e o padrão se alinhavam, a conexão se estabelecia. Acrescentou que jamais imaginara que alguém fosse entortar ainda mais aquela polaroide na parede, mas evidentemente subestimara a capacidade de jovens bêbados, com transtornos obsessivos de arrumação, para executar essa proeza.

Ao saber das novidades, Yawandi ficou tão feliz que deu um beijo em Romaryk, o que suscitou um leve sibilar da cobra. Poderia por fim voltar para casa e ao mesmo tempo visitar sempre que quisesse os amigos em Bristol. Nas semanas que precederam a inauguração da agência de turismo, Yawandi acordava em sua rede na aldeia e, com uma mochila náutica cheia de peixes assados e beijus, seguia pelo portal até o pub, onde Romaryk a esperava com roupas quentes e uma toalha, e agradecia a comida. No fim do dia, com a mesma sacola impermeável, agora cheia de sachês de Lapsang Souchong e *muffins* de *raspberry*, ela voltava para casa e fazia a alegria de seus irmãos.

Nova Iorque, New York

Óleo sobre tela, 40×60 cm
Rua em perspectiva, tendo em primeiro plano um casario de três andares, com azulejos azuis e brancos, portas azuis e pequenas sacadas nos dois últimos andares. Na rua deserta, na porção direita da tela, vê-se uma jovem magra, com cabelos pretos presos em um coque, que traja um vestido amarelo-canário de mangas três-quartos, no qual se vê, um pouco acima do peito, um broche violeta de ametista, losangular com bordas prateadas. Parece olhar diretamente para o pintor.
São Luís, 1892
Autor: Aureliano Fernandes

Ao olhar mais uma vez o retrato que ganhara de presente, Justícia notou um detalhe que nunca havia reparado: por entre as pinceladas de tinta bege que compunham os braços, desciam traços escuros e finos formando linhas paralelas que iam do cotovelo até os pulsos, ou quem sabe seguiam até os ombros, que estavam cobertos pelas mangas do vestido. Não sabia dizer como não notara aquilo antes.

O casamento se aproximava, e Justícia estava cada dia mais aflita. Já não havia unhas para roer. Andava em silêncio pela casa, pelo jardim e pela rua, errava os pontos dos bordados e, como não usava dedal, machucava os dedos, que logo em seguida levava até a boca para sentir o gosto metálico e doce do próprio sangue; a dor da agulhada a fazia esquecer por alguns segundos sua aflição. Nem mesmo seu violino a acalmava. Cada vez que tocava a valsa de que mais gostava, "Danúbio azul", de seu compositor predileto, Johann Strauss, as notas saíam embaralhadas.

O enxoval estava pronto, com toalhas de mesa, camisolas de seda, faqueiro de prata de lei e um aparelho de porcelana de Limoges. Assim como o vestido de noiva, todo em seda branca e rendas francesas, que formavam uma gola alta.

Deitada na cama, Justícia não tirava os olhos de seu quadro e do olhar radiante em seu rosto retratado nele, que a fazia parecer uma mulher bonita, muito diferente daquela que vira pela última vez no espelho. Olhou novamente para o vestido de noiva pendurado junto da parede em um cabide e cercado pelos presentes que não paravam de chegar. Algo então se passou dentro dela, embora não tenha se dado ao trabalho de compreender direito. Pôs-se de pé em um salto, secou as lágrimas e tomou a decisão mais radical de sua vida. Enviou ao pintor um bilhete por intermédio do filho da criada, pedindo que ele fosse encontrá-la às onze da noite perto de sua casa, na esquina da rua dos Afogados com a rua do Passeio.

Fingiu que ia dormir: apagou o lampião, deitou-se na cama e esperou que a luz de todos os candeeiros da casa se extinguisse.

Logo desceu as escadas no escuro, descalça para não fazer barulho, carregando uma pequena mala com dois vestidos, um par de sapatos e um chapéu. No vestido que usava, espetou o broche de ametista que herdara da avó. Na outra mão, levava o estojo com o violino e algumas partituras. Aureliano a esperava no local combinado, carregando uma mala de couro e um cavalete. Seguiram em silêncio pelas ruas até o porto, onde os esperava um pequeno barco de um amigo do pintor, que se prontificou a subir com eles o rio Mearim. Após uma noite inteira no barco, durante a qual Justícia, mesmo cansada, não conseguiu pregar os olhos, chegaram a um pequeno povoado, onde conseguiram carona na charrete de um vendedor itinerante, que os levou até a vila de Ponta da Linha. No porto da vila, já ao entardecer, conseguiram outro barco para subir o rio Pindaré, até a aldeia.

Óleo sobre tela de algodão rústico, 50×70 cm
Cinco casas de madeira com cobertura de palha, circundadas por floresta, onde diversas palmeiras de babaçu refletem a luz da tarde. O chão é de terra batida. Em frente à segunda casa, da esquerda para a direita, vê-se uma canoa cheia de um líquido leitoso. Ao seu redor, mulheres segurando cuias parecem provar da bebida. Uma jovem de pele clara se destaca da paisagem, olhando diretamente para o pintor. Ao contrário das outras figuras do quadro, seminuas, ela traja um vestido longo e veste sapatos marrons de couro, com um pequeno salto.
Rio Pindaré, 1886
Autor: Karapiru

— Karapiru, já voltou? Achei que ia ficar pela cidade mais um pouco. E quem é a jovem? Tão bonita. Corram para ver o Karapiru que se casou na cidade! Venham logo!

Todos se juntaram em torno deles, fazendo muitas perguntas em uma língua que Justícia não compreendia. Aureliano traduzia o que podia. Chamou sua irmã Nimoá, apresentou-lhe Justícia e pediu que a levasse até sua casa, lhe desse de comer e beber e pendurasse uma rede para ela ao lado da sua.

Nimoá, uma moça de quinze anos — apenas dois anos mais nova que Justícia —, usava uma pequena saia de algodão que cobria seu corpo da cintura para baixo e estava com os seios à mostra. Em seu fino pescoço, enrolava-se um macaco-prego ainda jovem, que pareceu assustado ao ver aquela mulher tão branca e se escondeu nas costas de Nimoá. Justícia, fascinada com o animal, que conhecia dos realejos que andavam pelas ruas da capital, estendeu a mão para tocá-lo, o que fez o macaco correr para se abrigar no alto de uma árvore.

Rindo do macaco, Nimoá deu a mão para Justícia e levou-a para uma das casas de palha e chão de terra batida. Somente com uma entrada estreita e sem janelas, a casa era bem escura por dentro, com pequenos pontos de luz vindos dos fogos onde fumegavam panelas de barro. Foi então que Justícia se deu conta de que estava faminta e aceitou de bom grado uma cuia de caldo de peixe com macaxeira, que a fez sujar o vestido. Nimoá prontamente lhe ofereceu um dos seus. Estava velho e puído, mas era confortável, não muito longo, permitindo-lhe que se movimentasse mais com mais liberdade. Saciada, Justícia adormeceu na hora na rede que lhe foi oferecida por Nimoá. Estava exausta.

Acordou com o nascer do sol, mas Nimoá não estava mais ali. Na verdade, ao olhar para os lados, viu que a casa estava praticamente vazia, apenas com algumas mulheres agachadas em torno dos fogos, que pareciam ter ficado acesos por toda a noite. Ninguém parecia notar sua presença, o que a fez sentir um nó na garganta: o que fizera de sua vida? Agora estava ali, naquele lugar perdido no mundo, longe da família e das amigas, sentindo um cheiro forte de carne sendo cozida, quando tudo o que queria era uma boa xícara de café, a qual, em sua casa, assim que acordava, encontrava posta sobre a mesa ao lado de um bolo sempre fresco, de laranja ou baunilha, seus prediletos.

O desejo dela era continuar deitada, mas estava com uma vontade tão grande de urinar que se levantou para procurar uma moita ou uma árvore nas proximidades, que a protegesse do olhar dos outros. Agachada, viu o xixi dourado escorrer pelo chão de terra, formando um sulco. Logo, os insetos se aproximaram e ela se levantou de um pulo.

Só então notou os raios dourados do sol refletindo-se no rio. O fim de mundo tinha, afinal, sua beleza. De todo modo, só lhe restava se acostumar com aquilo, pois o que fizera, sabia, não tinha volta. Seus pais, naquele momento, deviam estar desesperados procurando por ela, embora provavelmente alguém já tivesse dito ter visto um casal andando pela noite em direção ao porto, e uma coisa levaria à outra. Suas amigas, também assustadas com seu desaparecimento, logo soltariam a língua sobre os encontros às escondidas com o pintor. Quando ficassem sabendo, os pais nunca a perdoariam, ainda mais porque faziam muito gosto no casamento arranjado com aquele homem insuportável, de origem nobre, pelo que diziam.

A lembrança de ter se livrado daquele sujeito acabou com sua angústia, e Justícia saiu à procura de Karapiru e Nimoá. Encontrou a moça esperando por ela ao lado de sua rede, oferecendo-lhe um pedaço de peixe para o café da manhã. Karapiru, ela disse, tinha saído para caçar e ela mesma iria com algumas mulheres coletar frutos de abricó na mata. Convidou Justícia, oferecendo-lhe um pequeno cesto de palha, para que ela levasse nas costas. Sem ter nada mais que fazer, Justícia aceitou e seguiu as mulheres por uma trilha que saía da aldeia em direção à floresta.

As mulheres, mesmo as que carregavam filhos em tipoias atravessadas no peito, andavam muito mais rápido do que ela, que, assustada, se viu de repente sozinha na mata. Seus sapatos de couro marrom, com pequenos saltos, não ajudavam em nada, mas pior seria andar descalça naquele chão cheio de insetos, espinhos e raízes. Começou a gritar por Nimoá, que logo apareceu e se colocou atrás dela na trilha, para que não se perdesse mais.

O pé de abricó estava carregado, e Justícia adorou a fruta, que comeu pela primeira vez. Encheram os cestos e tomaram o caminho de volta, parando no meio para um banho no igarapé. Justícia não teve coragem de tirar a roupa e entrou na água de vestido, o que na verdade deixou o caminho de volta mais fresco e suportável. Ao chegar à aldeia, o vestido já estava praticamente seco. Nimoá se aproximou dela com uma cuia em cujo fundo se via uma tinta rala de jenipapo e pintou as pernas e os braços de Justícia com finas linhas paralelas, que quase não se viam. Disse a ela que ficasse dentro de casa por um tempo, para evitar suar, o que faria o jenipapo escorrer e manchar a pintura. Justícia viu então as linhas escurecendo, fazendo o desenho aparecer aos poucos, tal como surgiram no retrato que ganhara de Aureliano. O futuro parecia ter sorrateiramente invadido a tela.

Sentada de novo em sua rede, Justícia resolveu retirar o violino da caixa e tocar um pouco, curiosa para saber se sua destreza como instrumentista, sempre elogiada por seu professor particular, havia retornado. Não foram necessários mais de cinco minutos para que isso se confirmasse. Os acordes de "Danúbio azul" saíram límpidos, e logo mulheres e crianças se aglomeraram em torno dela, aparentemente apreciando o som.

Enquanto tocava, viu que Aureliano, Karapiru, que saíra cedo para caçar, agora voltava com um animal pendurado nas costas. Todos perderam o interesse por sua música e foram para o pátio ver o que a ela pareceu um porco peludo de dentes protuberantes. Ele largou o porco sobre uma esteira no chão, foi ao rio tomar banho e voltou para esfolá-lo e cortá-lo. Para cada uma das pessoas à sua volta, ele dava um pedaço da carne. Justícia, que desistira do violino e se juntara aos demais, olhava espantada. Do jeito que estava indo, não ia sobrar carne de porco para eles, e ela começou a ter medo de passar fome. Ao final, restou somente a cabeça e o quarto traseiro. Como será que ele se deixou ficar só com isso, logo ele que tinha matado o bicho? Nimoá então lhe explicou que, se o caçador não distribuir sua caça, fica panema, azarado.

Nimoá saiu para procurar lenha e preparar o fogo, pois no caso de homens solteiros são as irmãs e a mãe as responsáveis por isso. Para Aureliano, Karapiru, a responsabilidade era toda de Nimoá, pois sua mãe tinha sido assassinada em uma emboscada por fazendeiros da região.

— Nós éramos crianças quando isso aconteceu — contou Nimoá —, foi pouco tempo depois de termos sido expulsos da fazenda onde vivíamos. Meu irmão tinha só nove anos e ficou dias em casa sem falar com ninguém e sem comer, o tempo todo desenhando com urucum e carvão sobre um vestido velho da nossa falecida mãe. Pintou nele uma casa de fazenda, com detalhes que lembravam a casa em que vivíamos e ainda desenhou alguns homens de chapéu. Em um final de tarde, ele por fim saiu da casa com o vestido desenhado nas mãos. Fez um fogo, jogou o vestido e ficou olhando ele queimar pelo resto da noite.

Passados alguns dias, Nimoá lhe disse que os parentes tinham perguntado a ela se Karapiru iria transformar Justícia em esposa. Ela ficou calada. Estava certa de que gostaria de se casar com Aureliano, mas teria que ser na igreja. Além do mais, sabia que não poderia viver ali para sempre, pois aquele não era o seu mundo. Além de não compreender o que as pessoas falavam, dependendo assim da tradução de Aureliano, não se imaginava comendo peixe todo dia no café da manhã. Ah, como sentia falta do arroz de cuxá, do sururu com leite de coco, do camarão cozido e das patinhas de caranguejo preparadas em casa! O que aliviava um pouco era a juçara, abundante ali, com a qual volta e meia faziam uma bebida e lhe ofereciam. Ela era apaixonada por juçara, e suas amigas da cidade brincavam dizendo que a boca dela por dentro não era vermelha, mas roxa, da cor da fruta.

No mais de um ano em que viveram na aldeia, Justícia não teve notícias dos pais, mas volta e meia apareciam ali uns homens estranhos a cavalo, procurando por Aureliano. Nessas ocasiões, os parentes escondiam os dois em uma casa de roça no meio da mata e mentiam dizendo que ele não vivia ali e que nunca tinham visto a tal moça branca de olhos claros que estavam procurando. Uma tarde, um fazendeiro conhecido, que patrocinara os estudos de Aureliano na cidade, foi até a aldeia com sua tropa, cumprimentou-o pelo noivado com a bela moça e ofereceu-se para pagar todas as despesas da cerimônia em São Luís, dizendo que seria o padrinho do casamento, caso eles aceitassem. Por fim, avisou Aureliano que havia alguns dias três jagunços procuraram por ele na fazenda e, percebendo suas intenções, mandou que seus homens lhes dessem uma surra. O fazendeiro tinha pretensões políticas e quis deixar bem claro para os adversários na capital que não se mexia com seus amigos e protegidos em lugar algum do Maranhão.

Marcaram o dia da volta para a cidade, para que Aureliano retomasse os estudos em arte e se apresentasse aos pais de Justícia, para pedir sua mão em casamento. Acreditavam que depois de tanto tempo ela seria perdoada pela fuga, ainda mais se explicassem que iriam se casar na igreja. Justícia sonhava com o casamento, em que usaria um vestido liso, sem rendas, e cujo único enfeite seria o broche de ametista. Ao chegarem, deixaram as malas na pensão em que Aureliano costumava se hospedar, e Justícia foi até a casa dos pais. Não foi recebida.

Voltou aos prantos para a pensão e, sem dizer uma só palavra para o aflito Aureliano, que a esperava, sentou-se na cama estreita e pôs-se a tocar o violino. Novamente as notas saíram embaralhadas. Justícia soluçou.

No dia seguinte, o fazendeiro levou-a até o altar e a entregou a Aureliano. A igreja estava vazia, a não ser pelos peões levados pelo fazendeiro, além de curiosos, que queriam ver o casamento de uma moça rica com um indígena.

Óleo sobre tela, 50×60 cm
Grande lago de águas escuras e calmas, com colinas de alturas diversas ao fundo, que dão ao lago um contorno irregular. No canto direito um casal observa a vista. A mulher é robusta e usa um vestido na altura dos joelhos, de manga curta. O homem é bem mais alto do que ela, magro e ereto, de calças compridas e camisa social. Na cabeça, um chapéu-panamá.
Nova Iorque, Maranhão, 1905
Autor: Aureliano Fernandes

No dia 12 de setembro de 1972, ao retornar a São Luís, depois da longa viagem que fizera à terra natal de seu marido, Maricota não notou a pilha de jornais ao pé da porta, nem as ervas daninhas que se aventuravam por sua horta. Foi direto para a sala, deixando as malas por conta do marido, Manoel. Examinou um a um os quadros na parede até encontrar o motivo de seu espanto. Próximo à cristaleira dos pratos de porcelana, em uma moldura discreta, estava retratada a cena que tinham presenciado alguns dias antes. Tratava-se da grande represa de Boa Esperança do Parnaíba, com as montanhas do Maranhão ao fundo.

Notou, no canto direito, próximo à assinatura de seu avô, a presença de um casal observando a vista. Nunca reparara naquele detalhe, embora fosse provável que isso se devesse ao fato de o quadro ter sido pendurado, para disfarçar uma imperfeição no papel de parede, em um lugar pouco visível, entre uma quina e uma cristaleira de dimensões consideráveis. Notavelmente abalada com a visão, Maricota foi até a cozinha preparar um café bem forte, enquanto Manoel se esforçava para levar as quatro malas do casal até o quarto, no segundo andar da casa. Enquanto tomava o café em sua xícara de porcelana, perguntava-se como aquele quadro assinado pelo avô em 1905 representava com tanta perfeição uma represa que naquela data ainda não tinha sido construída, cercada exatamente pelas mesmas montanhas que havia visto apenas alguns dias antes. Sob as águas, invisível, encontrava-se a cidade natal de Manoel, Nova Iorque.

Igualmente espantando ao ver o quadro, Manoel conjecturou que a data da pintura poderia ser 1926, quando a cidade fora alagada por uma cheia do rio Parnaíba e transferida para um local mais alto. Mas Maricota o lembrou de que o avô morrera muito jovem, definitivamente antes da enchente e sem dúvida antes de a cidade ser de novo inundada, dessa vez para a construção da barragem do rio Parnaíba, em 1968.

Com as xícaras de café nas mãos, os dois sentaram-se nas cadeiras de palha da varanda. A viagem de carro até São Luís tinha sido longa e cansativa, e estar em casa lhes dava uma grande sensação de conforto. Foi então que Maricota lhe contou pela primeira vez em detalhes a história do avô.

— Nunca conheci meu avô. Minha prima dizia que ele tinha amaldiçoado a nossa família. Éramos descendentes de franceses que fundaram São Luís. Minha avó foi deserdada quando se casou com meu avô. Alguns achavam que ele era um índio feiticeiro!

Maricota pousou sua xícara e entrou em casa. Retornou com o quadro do avô nas mãos, admirando-o enquanto contava a história.

Carvão sobre entrecasca de árvore, 30 ×40 cm
No primeiro plano há um vaqueiro vestido com roupas de couro montado em um cavalo. Ele tem fartos bigodes pretos e sorri, olhando para o pintor. Ao fundo vê-se um pasto com dezenas de cabeças de gado.
Rio Pindaré, 1878
Autor: Karapiru

— Minha mãe me disse que ele era filho de um fazendeiro com uma índia, um mameluco. O fazendeiro, embora nunca tenha assumido a paternidade, teve pena e deixou o menino estudar com a professora dos seus filhos legítimos. Ele pegou gosto por desenhar. Quando o pai morreu, os filhos o expulsaram da fazenda, junto com a mãe e sua irmã ainda bebê. Voltaram a pé para a aldeia deles, que ficava a dois dias de caminhada dali, com a mãe carregando a bebê pendurada em uma tipoia. Alguns meses depois a mãe morreu assassinada, e passado mais algum tempo eles foram informados de que a fazenda onde tinham vivido fora destruída por um incêndio. Os donos morreram tentando apagar as chamas. Foi então que ele começou a pintar retratos dos vaqueiros que passavam por lá. Vendia para eles, ganhava um dinheirinho. Um dia passaram na aldeia uns jagunços fugidos, perseguidos pelo Exército. Os índios os esconderam no meio do mato. Uma noite um deles pediu para Aureliano retratá-lo. Era esse o nome de civilizado do meu avô, mas o nome indígena era Karapiru. Meu avô fez uma pintura bonita, o jagunço a cavalo, com muitos bois ao fundo. O bandido gostou demais, mas não tinha dinheiro, só as roupas do corpo e as armas. Prometeu que quando pudesse pagava, palavra de jagunço, e assim como chegou, saiu pelo meio do mato, com a pintura enrolada enfiada em um pedaço de bambu.

"Não é que ele voltou? Foi um ano todo, voltou, mas não era mais bandido. Disse que agora era fazendeiro. Chegou montado em um cavalo bem alto, seguido de uma tropa. Eram tantos os cavalos que os índios se assustaram e muitos fugiram para o mato. Quando o fazendeiro encontrou meu avô, apeou do cavalo e até chorou. Aquela pintura mudara a vida dele. Tinha ganhado muito dinheiro vendendo mercadoria na cidade, comprou fazenda e encheu de bois, exatamente como na pintura. Devia tudo a ele. Pagou pelo desenho dez cabeças de gado e ainda se ofereceu para arcar com os estudos de pintura do meu avô em São Luís. Foi assim que ele veio parar aqui na cidade grande e conheceu minha avó."

Óleo sobre tela, 40×50 cm
Paisagem do sul de Manhattan
Nova York, 1999
Autora: Alice Moreira

Alice arrumou as malas feliz da vida. Conseguira uma bolsa de estudos na New York School of the Arts. Ela merecia, diziam todos, pois era uma pintora de mão-cheia. Sua avó Maricota lhe dizia que puxara ao tataravô, um pintor maranhense, de origem indígena. Ouvira aquela história muitas e muitas vezes, com todos os detalhes, a primeira delas no dia do seu aniversário de quinze anos, quando a avó lhe deu de presente um lindo broche de ametista, que ela por sua vez herdara da avó. Contava que ele vivera uma vida muito modesta, pois seu talento não foi suficiente para superar o desprezo que tinham pelos indígenas no Maranhão. Chamavam-no até de feiticeiro, dizendo que possuía dons premonitórios, e faziam descaso dele. Mas seus quadros ainda se encontravam nas paredes de muitas casas de maranhenses abastados, contou-lhe a avó, insistindo para que um dia viajasse para conhecer a barragem que cobrira a Nova Iorque maranhense e a nova cidade homônima que fora construída ali perto.

Alice nunca conseguiu fazer a viagem, e os acasos da vida a fariam conhecer Nova York antes da cidade natal do avô. Era a primeira da família a viajar para o exterior, e todos estavam em polvorosa, dizendo-lhe o que deveria levar na mala. Sua avó Maricota bordou para ela uma camisola de flanela rosa-clara, com florzinhas delicadas que cobriam toda a gola. Fez dois sapatinhos de crochê, para que não sentisse frio em casa.

Conseguiu um quarto em um pequeno apartamento no Brooklyn. No primeiro sábado de sol, para espairecer um pouco e conhecer melhor a cidade, tomou o metrô da linha F até a rua 14 e seguiu pela Washington Street em direção ao West Village, para visitar as galerias de arte daquela região. Estava na Bank Street, em frente à casa que um dia fora ocupada por John Lennon e Yoko Ono, quando notou a porta de uma pequena galeria. Instintivamente, entrou. Não acreditou no que seus olhos viram: uma exposição fotográfica intitulada Nova Iorque, New York, na qual fotos da cidade de seu avô eram expostas lado a lado com as da metrópole americana. Até então nunca tinha visto uma foto de Nova Iorque, pois o avô não tinha uma câmera e logo a cidade foi inundada. Fascinada, pôde por fim ver as ruas de terra com charretes puxadas por burros. Gostou especialmente de uma na qual um homem de terno fumava de pé em frente a uma venda, junto de grandes sacas de cereais. Ao pé da foto, uma legenda: Eduardo Burnet, comerciante americano. Uma placa explicativa ao lado dizia que o homem fundara a cidade maranhense em 1896, nomeando-a em homenagem à sua cidade natal.

Alice abriu um sorriso e pediu licença para fotografar algumas fotos expostas com sua Nikon. Abotoou o casaco e, com a imagem do rio Parnaíba ainda viva, seguiu pela Bank Street em direção ao rio Hudson. O dia estava lindo. Como levava seu inseparável conjunto de tintas e um bloco de desenho, resolveu caminhar na direção *downtown* até o extremo sul da ilha, para pintar o impressionante conjunto de arranha-céus do Distrito Financeiro. Então aconteceu algo estranho: a tinta que tinha usado para pintar o World Trade Center teimava em borrar, a ponto de os prédios desaparecerem da paisagem. A mesma tinta, entretanto, mantinha-se íntegra em outros detalhes da pintura. Tentou mudar a cor, mas as torres insistiam em desaparecer.

2#19

No dia 3 de novembro, um domingo, por coincidência o seu aniversário, Augusto Almeida Junior, professor de antropologia, terminou a última página do romance *1Q84*, de seu autor predileto (ao lado de Borges, claro), Haruki Murakami. Só nesse momento compreendeu por que havia adiado a leitura daquele livro por alguns anos, mantendo-o cuidadosamente guardado no fundo da estante ao lado de sua cama.

Em meio às intrincadas tramas do romance em três volumes, um portal se abre para um mundo paralelo a 1984, que uma das personagens centrais, Aomame, a primeira a atravessá-lo, chama de 1Q84. A passagem se dá inadvertidamente, por meio de uma improvável escada de incêndio localizada às margens de uma via expressa em Tóquio. Ao descê-la, Aomame nota diferenças sutis no mundo ao seu redor, sobretudo a presença de duas luas no céu.

Depois, em uma noite de trovoadas, descobre que esse mundo é controlado pelo "povo pequeno". Seres diminutos que usam como passagem a boca de cadáveres humanos ou animais em putrefação e começam a influenciar a mente e as ações de pessoas que elegem como "receptores".

Sentado em sua poltrona de leitura, com a fraca luz do abajur acesa e o terceiro volume do livro no colo, ouvindo ao longe Tom Jobim cantando "É pau, é pedra, é o fim do caminho", Augusto fechou os olhos na tentativa de elaborar melhor suas associações. Contrariando a insistência da família, decidira não comemorar o aniversário esse ano, dando-se de presente um dia sossegado de leitura. A opção revelou-se certeira: Murakami lhe enviara uma mensagem. Estava claro que somente a travessia de um portal poderia explicar os descalabros ocorridos no que parecia ser o ano de 2019, quando políticos boçais tinham tomado o controle do país. Não estávamos mais em 2019, mas sim em 2Q19, ou 2#19, como preferiu nomear, em sinal dos tempos: evangélicos fanáticos passavam a conselheiros parlamentares, madeireiros organizavam-se via WhatsApp para incendiar a Amazônia, um navio fantasma abrira suas comportas de óleo para as praias do país, as araras-azuis morriam com o fogo do Pantanal, pobres e negros eram fuzilados nas imediações de suas casas sob os gritos efusivos dos dirigentes e o silêncio da classe média. A caixa de Pandora havia sido aberta.

Diante das evidências (dos fatos etnográficos, diria o nosso antropólogo), Augusto pôs-se a tentar compreender como e quando se dera a abertura daquele portal. Teria o povo pequeno vindo de Tóquio para o Brasil? O que teriam usado como portal? Por mais que Augusto se esforçasse por configurar outras hipóteses, a ideia de que a abertura tivesse ocorrido no momento da facada desferida contra um candidato a presidente do país pareceu-lhe a única plausível. O povo pequeno teria usado o ferimento como passagem, e o político, que sofria de um logo processo de apodrecimento ainda em vida, como receptor. Desde então estariam se dedicando a destruir o país e a transformá-lo em um grande campo de mineração de nióbio, substância de que necessitam para viver. Trabalhavam em rede com seus companheiros pequenos espalhados pelo mundo, que controlavam outros receptores, dentre eles o presidente americano que, sofrendo de igual apodrecimento em vida, funcionava como um receptor ideal. Por meio da agência dos pequenos, os receptores tornaram-se próximos e trocavam afagos, sem a mínima noção de que estivessem sendo manipulados por miniaturas japonesas.

Em *1Q84*, a resolução está em encontrar um portal para o retorno a 1984. Augusto, com a luz apagada para melhor se concentrar, ainda em sua poltrona de couro, onde havia passado meses a fio na leitura da série Mitológicas — para ele a maior obra de antropologia de todos os tempos —, pôs-se a traçar uma estratégia. Em primeiro lugar, devia procurar saber se alguém mais tinha se dado conta de que ocorrera uma passagem coletiva para outro mundo e se havia sinais visíveis da mudança, como as duas luas de 1Q84. Imediatamente foi até a janela de seu apartamento no Cosme Velho, mas a lua única, crescente, estava lá, ao lado do Cristo Redentor iluminado. Só que, ao olhar com mais cuidado, notou algo estranho: a estátua parecia flutuar alguns metros acima da montanha. No início pensou que fosse o efeito das nuvens, mas elas se dissiparam e a estátua continuava no ar. Chamou a esposa e os dois filhos à janela e perguntou se notavam algo estranho, sem mencionar o quê. Entreolharam-se e o deixaram lá sozinho, sem resposta. Sem dúvida não notaram. Sua gata, Patti (em homenagem a Patti Smith), entretanto, postou-se a seu lado, fitou o Cristo e miou longamente. Outros gatos, na rua, a acompanharam.

Corcovado

No dia seguinte, uma manhã de segunda-feira, Augusto foi a pé até a estação do Corcovado, perto de sua casa, e tomou o trenzinho vermelho morro acima. Assim que desembarcou, constatou, perplexo, que a estátua flutuava a cerca de cinco metros de sua base, incompreensivelmente estável ali nas alturas, sem um balanço sequer com o vento. Por incrível que parecesse, os turistas comportavam-se como se nada vissem, abrindo como sempre os braços no alto da escada para tirar fotos com o Cristo ao fundo. Andando em meio a eles, Augusto começou a desconfiar que estivesse tendo uma alucinação, até que notou, sentado em um canto no chão, com os olhos fixos na estátua, um homem de meia-idade, cabelos bem lisos e pele morena. Parecia ser indígena.

Sentou-se ao seu lado em silêncio e pôs-se a olhar na mesma direção. O homem se voltou para ele, mas continuou mudo. Após cerca de meia hora, levantaram-se ao mesmo tempo e caminharam lado a lado, descendo as escadarias. Ao chegarem na estação do trem, o homem seguiu pela floresta a pé e Augusto o acompanhou. No meio da trilha de descida, em um local de mata fechada, o homem se sentou na raiz de uma árvore e, com o olhar, convidou Augusto a se sentar a seu lado. Então contou sua história em um português com sotaque carregado.

Chamava-se Ramos, era ex-morador da aldeia Maracanã e atualmente vivia sozinho em uma pequena casa no morro do Borel, sobrevivendo da venda de artesanato para turistas na feira hippie de Ipanema. Tinha olhos gentis e escuros como jabuticabas, e a ausência de cílios tornava seu olhar distante e profundo. Notavam-se em seu corpo as marcas da infância, que passara na rural Paraty-Mirim: uma cicatriz no tornozelo da perna direita, resultado, explicou, da queda de um barranco enquanto seguia o rastro de uma preá, além de muitas marcas de mordidas e furos de espinhos dos mais variados exemplares da flora local. As juntas doíam devido a uma febre não diagnosticada que teve na adolescência. Sua idade, mais uma aproximação grosseira do tabelião do único ofício de notas de Paraty, que emitira a identidade sem sequer lhe pedir uma certidão de nascimento, era a mesma de Augusto: cinquenta e um anos.

Enquanto viveu na aldeia, Ramos nunca se interessou em aprender com os velhos sobre o criador Nhanderu e os espíritos da floresta; estava preocupado em jogar bola, assistir a jogos de futebol e, já rapaz, conseguir algum dinheiro com artesanato para ir a Paraty tomar cerveja e dançar forró. Estranhava, portanto, que os espíritos tivessem decidido procurar justo ele e logo agora que morava na cidade grande. É verdade que coisas estranhas tinham acontecido antes disso, dentre elas aquela estátua flutuante que ninguém parecia notar, além dele, dos gatos que miavam loucamente ao olhar para ela e de Augusto, agora.

No quintal de sua casa no Borel, Ramos tinha uma pequena criação de inhambus — três precisamente —, descendentes de um casal que o avô lhe dera no dia de sua partida da aldeia, anos antes. Embora passassem o dia ciscando no quintal, os três dormiam com ele em um colchão de solteiro sobre caixas de papelão abertas. Chamavam-se Kaiapá, Itá e Kamoí. Uma noite acordou com o alvoroço das aves que tentavam bicar seu vizinho, que chegara ali sorrateiramente à procura de alguns trocados para comprar bebida. Na briga que se seguiu, o vizinho, com raiva, deu uma paulada em uma das aves, matando-a. Era Kaiapá, que naquele momento Ramos reconheceu ter sido desde sempre a sua favorita. Imóvel, triste e com uma dor excruciante por ter caído sobre o cóccix quando o vizinho o empurrara, ficou ali deitado, perdido no tempo, com o olhar fixo em Kaiapá. Lamentou não conseguir dormir e sonhar com Kaiapá ainda vivo, seguindo-o pelos cantos da casa, como um cachorrinho. Ramos nunca sonhava.

Na noite seguinte, por volta das três da madrugada, acariciando o corpo inerte e frio do inhambu, arregalou os olhos ao ver o bico da ave se abrindo exageradamente e dele sair uma pessoa pequena de cabelos pretos e escuros, sem cílios nem sobrancelhas, toda nua, exceto por um pequeno cordão peniano de algodão vermelho. Depois começaram a sair do bico de Kaiapá outras dessas pequenas pessoas, cinco no total, uma atrás da outra, todas com no máximo doze centímetros de altura.

Os pequenos se organizaram em uma roda com um deles no centro, que, fumando um cigarro minúsculo, puxava um coro; os outros respondiam cantando juntos e dançando em roda. Aos poucos, Ramos foi conseguindo decifrar o significado das melodias entoadas em sua língua materna, que lhe lembravam as cantigas do avô, Dionísio Karai Ataa.

— Se menos cachaça você tivesse bebido — cantou a pessoa pequena no meio da roda.

— Mais espíritos teria visto — responderam os cinco em coro.

— Queríamos te ajudar a sonhar — cantou a pessoa pequena no meio da roda.

— Mas pajé você não consegue ser — responderam os cinco em coro.

— Espíritos de uma terra chamada Japão entraram pela barriga do presidente — cantou o pequeno do centro.

— E tudo mudou no presente — disseram os demais em coro.

— Aqui viemos para mandá-los embora — disse o puxador do canto dando uma baforada em seu minúsculo cigarro.

— Pois já passa muito da hora — gritaram os demais, batendo os pés ritmadamente no chão.

Boquiaberto, Ramos tentava falar, mas as palavras emudeciam em sua boca. Os pequenos continuaram:

— Pajés da floresta sonharam com a sua imagem — cantou o guia, como que adivinhando os pensamentos de Ramos.

— Você foi escolhido para reabrir a passagem — rimaram os demais.

— Deve ser rápido ou florestas não vão restar — disse o primeiro, com o semblante sério.

— Nossos parentes vão acabar — enfatizaram em coro os demais, agora dançando de mãos dadas.

— Em breve, instruções vamos enviar — disse o puxador.

— Para você rapidamente atuar — responderam em coro os demais.

Depois disso, entraram para o bico de Kaiapá, que, já cheirando mal, foi enterrado pela manhã no quintal.

Desde então os pequenos passaram a se comunicar com ele por um meio inusitado: um orelhão desativado na esquina de duas vielas, ao lado de sua casa. O telefone tocava, mas, estranhamente, só ele escutava. Tirava do gancho e ouvia os seres com suas instruções. De início disseram-lhe que não bebesse nem comesse peixes de couro, a fim de limpar o corpo. Depois, pediram que ele preparasse chicha com *avaxi etei'i*, milho verdadeiro, insistiram, que ele encontraria na única barraca de lona vermelha da feira de domingo da estrada da Independência. A cantiga do terceiro telefonema versava sobre um jornalista estrangeiro, grande sonhador, observaram, cujo nome ele só conseguiu entender depois de muitas repetições: Greenwald. Disseram-lhe que ele seria uma pessoa-chave na abertura do portal e que precisavam que os ajudasse a chegar até ele, para que pudessem lhe falar durante os seus sonhos.

No domingo seguinte, buscando no Google pelo celular de seu companheiro vendedor de artesanato, Ramos descobriu o endereço do tal estrangeiro no Rio de Janeiro e no fim do dia foi até a sua casa em Copacabana. Não entendeu bem como passou pela portaria e pelos seguranças, chegou a ter a impressão de que estava sendo esperado. Àquela altura, entretanto, as coisas estranhas já não o impactavam. Tocou a campainha e a porta foi aberta pelo próprio Greenwald, um homem alto, de cabelos castanhos bem cortados e nariz protuberante, sem dúvida mais jovem do que ele. Gentilmente, foi convidado a entrar, explicou sua origem indígena e ofereceu-lhe um copo da chicha de milho que trazia em uma garrafa de plástico. Para sua total surpresa, mais uma, o jornalista bebeu sem pestanejar e, até parecia, com gosto. Ramos havia adicionado um raminho de erva-doce, o que deu um gosto especial à bebida. Sempre fora criativo na cozinha.

Algumas semanas depois, nova chamada no orelhão e uma cantiga que dizia que um homem importante, um *mboruvixa* de nome esquisito, Toffoli, também precisava ser contatado por ele, para que tivessem acesso a seus sonhos. O tal homem morava longe, em Brasília, e Ramos não sabia como fazer, pois não tinha o dinheiro da passagem. Naquela manhã de segunda-feira, à procura de algum esclarecimento, caminhou pela floresta até o Cristo, onde encontrou Augusto.

O professor compreendeu imediatamente o que se passava. Os espíritos da floresta eram seus conhecidos de longa data, desde que fizera sua pesquisa de campo em uma aldeia perto de Paraty. Iniciado por um pajé, passara a ver e conversar com eles sempre que fumava o charuto coletivo durante as danças na *opy*, a casa de rezas. Sabia que eles o haviam conduzido, por meio do livro de Murakami, ao encontro com Ramos.

Prontificou-se a pagar sua viagem para Brasília e a ir com ele até o gabinete do tal homem. Levantaram-se e seguiram para a casa de Augusto. Sentaram-se diante do computador e compraram duas passagens de ida no primeiro voo matinal para Brasília. Almoçaram juntos, e Augusto ofereceu a Ramos seu quarto de hóspedes.

Ao voltarem do trabalho e da faculdade no final do dia, a mulher e seus filhos não se surpreenderam ao encontrar um indígena em casa, pois sempre recebiam visitas desses amigos do marido. Cumprimentaram-no com naturalidade e chegaram mesmo a trocar com ele algumas palavras em sua língua, que tinham aprendido nas viagens que fizeram às aldeias com o antropólogo durante a pesquisa de campo para sua tese de doutorado.

Brasília

Às nove horas da manhã de 5 de novembro de 2019, com Ramos levando a chicha previamente preparada na mochila que Augusto lhe emprestara, chegaram à capital federal, pegaram um Uber e se dirigiram ao Quality Hotel & Suites na Asa Sul, onde dividiram um quarto. Para fazer hora, foram até a piscina e pediram uma cerveja e um guaraná. Ramos não podia beber por instrução dos espíritos. Augusto compreendia agora que o seu amor por cervejas geladas havia sido a razão para eles nunca mais terem falado diretamente com ele desde o final de sua pesquisa. Puseram-se a pensar em uma estratégia para conseguir acesso ao homem importante. Por precaução, Augusto levara seu único terno e alugara outro para Ramos. Aquele era o primeiro passo: tinham que estar bem-vestidos.

Do lado de fora de uma grade, na praça dos Três Poderes, avistaram o alvo indicado pelos pequenos seres no último telefonema: o Palácio do STF, um suntuoso prédio modernista, com colunas em forma de espinha de peixe — observação de Ramos —, projetado por Niemeyer e tombado pelo Iphan. Sem saber o que fazer para ultrapassar a grade e todos os dispositivos de segurança, e entendendo que não teriam chances de marcar uma audiência formal, voltaram ao hotel e pediram mais cerveja e guaraná. Precisavam pensar com calma. Foi quando Augusto ouviu o celular tocar. Vozes estranhas, como que de crianças, pediram, na língua indígena — que felizmente Augusto compreendia —, que ele passasse o telefone a Ramos. Eram os pequenos, que, na falta de um orelhão, usaram o celular de Augusto, com quem recusavam-se a falar diretamente por causa das bebidas. Disseram-lhe que, assim que o garçom aparecesse, conversassem com ele.

— Um jovem rapaz casado com parente e vestido de branco vai se aproximar — disse o puxador de canto.

— E com ele você vai conversar — disseram os outros em uníssono.

Ramos pediu a Augusto que o ajudasse, pois ouvira falar que as pessoas tinham muito preconceito contra indígenas na capital federal.

Augusto, fazendo-se de interessado, perguntou ao garçom há quanto tempo ele trabalhava ali, se era seu único emprego, se estava contente. Sem ter mais clientes para atender, já que a varanda da piscina estava vazia, o garçom chamado Antônio conversou animadamente e chegou a se sentar à mesa. Descobriram que era originário de Palmas e casado com uma xavante havia cinco anos. Contou-lhes também que, nos dias em que não servia ali, trabalhava na residência de um ministro chamado Toffoli. Augusto e Ramos entreolharam-se cheios de espanto. Era de fato impressionante a argúcia daqueles espíritos.

Falador, Antônio contou que o patrão tinha uma resistente dor na lombar, que nenhum médico, terapeuta, acupunturista ou mãe de santo conseguira curar. Era a deixa para Ramos: ele explicou que tinha consigo um preparado que, embora parecesse uma simples chicha de milho, era um poderoso remédio produzido pelos pajés de seu povo. Seria tiro e queda para as dores do ministro. O garçom, animado por poder agradar o patrão e quem sabe conseguir um bônus de Natal, que estava chegando, assegurou-lhes de que entregaria a ele o remédio milagroso.

Continuaram hospedados no hotel no dia seguinte, à espera do plantão do garçom um dia depois. Augusto aproveitou para levar Ramos a uma visita à Catedral de Brasília e passaram a parte da tarde relaxando na piscina. Na manhã de 7 de novembro, viram o garçom chegar animado ao bar da piscina e dirigir-se diretamente a eles, balançando um balde repleto de cervejas longneck e duas latinhas de guaraná Antarctica. Sim, dera ao ministro a beberagem com gosto de chicha no dia anterior, e ele, em meio a uma crise de dor, tomara sem pestanejar, chegando mesmo a elogiar o sabor — com certeza, pensou Ramos, devido ao raminho de erva-doce. Abraçaram-se os três, felizes por motivos diferentes: o bônus do garçom estava certo, e o povo pequeno estaria orgulhoso de Augusto e Ramos. Deixaram a piscina, foram para o quarto, tomaram banho e recostaram-se em suas confortáveis camas para assistir à TV. Foi quando ouviram, boquiabertos, que o tal ministro da chicha acabara de votar pelo fim da prisão de condenados em segunda instância, antes do trânsito em julgado, e que o ex-presidente Lula poderia sair da prisão em breve. Rapidamente entenderam que era esse o desfecho desejado pelos espíritos e resolveram aguardar sua confirmação, permanecendo mais um dia no hotel, agora grudados na TV.

Assim que a notícia provou-se verdadeira, no dia 8 de novembro, e que a imagem de Lula apareceu cercada por uma multidão em São Bernardo do Campo, com fogos estourando em todos os cantos do país, o telefone do hotel tocou. Ramos atendeu, pois o aparelho estava mais perto de sua cama, e ouviu as pequenas vozes em coro:

— Ho ho, *tape ojepe'aju* — disse a voz, que ele reconheceu ser a do puxador de canto.

— O caminho se abriu novamente — traduziu Ramos para Augusto, ao seu lado.

— Ho ho, *tape rupi pave'ĩ oaxa va'e rã* — cantaram as outras vozes ao fundo.

— E pelo caminho todos passarão — explicou Ramos.

No dia seguinte pela manhã, os dois tomaram o avião de volta ao Rio e, quando estavam quase pousando no Santos Dumont, o avião mudou de leve seu percurso, de modo que o Corcovado ficou de todo visível. A estátua parecia solidamente pousada, mas os olhos atentos e meticulosos dos dois notaram a persistência de uma pequena fresta entre ela e o pedestal. Entreolharam-se apreensivos, porém logo concluíram ser o final de um processo em curso. Por ora, aquilo lhes bastou. Eram otimistas.

Rio de Janeiro, 10 de novembro de 2019.

O general e o professor

Na biblioteca central da Universidade Federal de Roraima, Evanoel debruçava-se sobre as páginas de uma apostila de desenvolvimento infantil. Era início de dezembro e o calor estava absurdo, pois a biblioteca, projetada para funcionar com ar-condicionado, tinha somente uns basculantes e, naquele dia, como ocorria com certa frequência, a energia acabara. Estava estudando para a última prova do módulo letivo do curso de licenciatura intercultural e, se tudo corresse bem, naquela semana voltaria para casa e lá ficaria pelos próximos três meses. Mais um ano — ou três módulos — e teria o diploma de professor, com especialização em ciências da matemática e da natureza.

Mesmo ainda não formado, havia tempos dava aulas em sua aldeia, às margens do rio Catrimani, perto da fronteira com a

Venezuela. No sexto ano da escola, quando tinha apenas catorze anos, seu professor, um homem branco, muito alto e barrigudo, chamado José Augusto da Silva, teve hepatite e foi afastado por tempo indeterminado. Como Evanoel já escrevia e lia muito melhor do que todos os outros alunos, José, antes de pegar o barco e retornar para a capital — de onde nunca mais se teve notícias dele —, pediu-lhe que cuidasse da escola, uma casa simples de alvenaria de um só cômodo, com telas na janela e telhado de amianto. Ao partir, deixou-o com a chave do lugar e uma turma de quinze alunos.

Aos poucos foi se adaptando à vida de professor substituto. Chegava bem cedo à escola e varria a sala antes de tocar a sineta chamando os alunos. Via-os entrar com satisfação, com suas melhores roupas, sandálias de dedo, e alguns com uma mochila colorida de nylon comprada na cidade, geralmente vazia, pois traziam o caderno e o lápis nas mãos. Os livros didáticos, mesmo aqueles que a Secretaria de Estado da Educação e Desportos de Roraima enviava para os alunos, ficavam guardados à chave dentro da escola, para que as crianças não usassem suas folhas para confeccionar barquinhos e pôr para navegar no igarapé.

Os alunos sentavam-se nas carteiras de plástico e inexplicavelmente mantinham as mochilas vazias nas costas, como se fossem parte da roupa. Alguns levavam para a escola o aparelho celular do pai ou do irmão mais velho, e a cada intervalo, ou mesmo durante uma parte mais maçante da aula, metiam-se nos joguinhos, escondidos do professor. Evanoel não reclamava; ele mesmo adorava aqueles jogos. Sem sinal telefônico ou de internet na aldeia, era só para isso que serviam os celulares.

Toda aula começava com a escrita do cabeçalho, com o nome da escola — aquela se chamava Escola Estadual Ismael de Jesus, nome do missionário que lá vivera por muitos anos —, a data e o tema da aula. As crianças copiavam nos cadernos a letra bonita de Evanoel, traçada no alto do quadro branco com pincel atômico azul, assim como tudo o que ele escrevia no quadro. Mesmo quando as informações e os desenhos estavam disponíveis nos livros didáticos, eles eram reproduzidos no quadro e copiados. Certa vez, ao ensinar sobre o sistema respiratório, Evanoel passara mais da metade da aula desenhando o tal sistema, com pulmões, brônquios e bronquíolos, esses os mais difíceis de reproduzir. As crianças esmeravam-se em copiar nos cadernos. Dava a elas todo o tempo necessário para isso, pois sabia que copiar, fazer o conhecimento passar pela mão, era fundamental para que aprendessem.

Já no segundo ano, sua fama como professor aumentou tanto que até os adultos e os velhos iam se sentar no chão da sala durante as aulas de matemática, dizendo que queriam aprender a fazer contas para não serem enganados na cidade. Na verdade, a aula de matemática era a favorita de Evanoel, pois sempre tivera uma queda pelos números. Nos anos em que lecionou antes de entrar na licenciatura intercultural, dedicou-se a ensinar a matemática que tinha aprendido: as operações básicas de somar, diminuir, multiplicar e dividir, usando os números em português, pois em sua língua só havia palavras para 1, cujo significado era "sozinho" ou "quase", e 2, que queria dizer "par". Mais que isso, bastava mostrar com os dedos as quantidades que todos compreendiam. Entretanto, depois de começar a frequentar a universidade, aprendeu com os professores brancos que os números deveriam ser ensinados na língua de seu próprio povo, e seus argumentos sobre não terem nomes para designá-los não eram levados a sério por seus mestres, que asseguravam que existiam, mas provavelmente tinham sido esquecidos. Era preciso pesquisar com os velhos, diziam, para redescobri-los.

Depois dessa informação, já no primeiro módulo de estudos, Evanoel voltou para a aldeia determinado a fazer a tal pesquisa, em vão. Os velhos diziam desconhecer completamente os nomes para os números e chegavam a pedir que ele parasse com aquela história e continuasse a lhes ensinar as contas do jeito como fazia antes. Isso não seria possível, explicava ele meio desesperado, pois seus professores cobrariam dele os nomes e poderiam até reprová-lo. Penalizados, seus alunos e os velhos que frequentavam a aula propuseram-se a ajudá-lo a inventar nomes para os números e foram pouco a pouco elencando os diferentes termos que poderiam ser atribuídos, aleatoriamente, aos números de 3 a 15. Às vezes, é claro, todos se confundiam, e uma conta de 3 + 4 poderia ter como resultado 4 (palavra que significava "pé"), 11 ("colocando mais um dedo") e, com sorte, 7 ("uma mão mais dois dedos"). Falando em voz baixa no momento dos cálculos, entretanto, todos diziam os números em português. Aquilo dos números inventados era um inferno e só fazia confundir, mas permitiu que Evanoel chegasse orgulhoso na universidade, mostrando como tinha tido sucesso no resgate dos nomes originais. Os professores sorriram satisfeitos e lhe deram nota dez, cujo nome em sua língua escolhido pelos velhos significava "duas mãos juntas já acabaram".

O acampamento

Até aquele momento Evanoel não conhecia Sebastián Ramírez, segundo-tenente da 3ª Companhia de Infantaria do Exército Nacional da Venezuela. Um homem alto, magro, de ossos tão angulosos e protuberantes que dava a impressão de um conjunto de quinas, como em uma escultura cubista. Estava no Exército havia seis anos e nos últimos quatro, desde que deixara a escola de cadetes, permanecera naquela mesma companhia, composta de quarenta e dois soldados, três cabos, dois sargentos e um cozinheiro, sob o comando direto do general. Nas últimas cinco semanas marcharam dentro da selva úmida e fechada. Caminhavam do nascer do dia até o entardecer, quando montavam acampamento. Ramírez, assim como o resto da companhia, não fazia ideia do objetivo daquela operação. Tudo o que sabia era que estavam no estado do Alto Orinoco, indo para o sul, em direção à fronteira brasileira.

O general acompanhava a expedição de perto, chegando de barco uma vez por semana e permanecendo com o grupo por dois dias. Chegava em silêncio e jamais se dirigia diretamente à tropa, usava os subalternos como mediadores. Era um homem forte, alto, de cabelos bem pretos e bigode basto, que lhe cobria a boca e — talvez fosse essa a razão de tal volume — os dentes muito estragados. Ramírez tinha adoração por ele e estava disposto a segui-lo até os portões do inferno. Aquele homem transcendia os valores humanos, havia sido o primeiro a marchar no Palácio de Miraflores quando os ianques tentaram derrubar o presidente Chávez, e quando os cartéis colombianos quiseram entrar na Venezuela, o general combateu na floresta por seis meses sem perder um único homem. Alguns diziam que ele era a reencarnação do próprio Bolívar.

Naquela noite a tropa chegou a uma grande clareira, e Ramírez avistou o vulto do general encaminhando-se para onde estavam os homens. Pela primeira vez desde o início da expedição, falou diretamente com eles. Mandou a tropa erguer acampamento e descansar, pois ali ficariam por algumas semanas. Ordenou que armassem as tendas no ponto mais alto, pois a chuva que se anunciava elevaria o nível do rio. No dia seguinte, passada a tormenta, Ramírez pôde desfrutar seu primeiro dia de descanso pescando à beira do rio.

O tempo corria de maneira suave e prazerosa. A maior parte do dia era passada pescando, dormindo ou tomando banho de rio, sempre com dois homens de guarda à entrada do acampamento, é claro. Os peixes eram tantos que o cozinheiro preparou um enorme moquém, do qual não saía de perto. A água parecia clara e limpa, embora soubessem que o garimpo ilegal de ouro que infestava a região deixava os níveis de mercúrio e outros poluentes muito acima do aceitável. Mas a bonança daqueles dias era tanta que não queriam pensar nisso. Caracas já parecia muito distante, embora voltasse todas as noites na voz de um locutor que surgia no rádio amador montado pelos técnicos. Fora essa interferência urbana, aquela pequena cidade militar formada no coração da selva lembrava Ramírez da sua infância rural nas imediações de Calabozo.

Certo dia, em meio àquela calmaria, o general entrou sozinho em uma canoa e seguiu rio acima, sem nenhuma explicação, ignorando todos os protocolos de segurança. Após dez dias sem ter notícias dele, todos estavam inquietos. Como nunca tirava a farda, o general certamente seria suspeito de estar espionando para desmontar as operações clandestinas de garimpo; poderia ser rapidamente eliminado e seu corpo enterrado sem que ninguém mais pudesse localizá-lo. Como havia deixado ordens expressas de que não fosse seguido, entretanto, à tropa nada restou a fazer senão esperar. Só que Ramírez escapuliu à noite à procura do general na canoa de um ribeirinho com quem fizera amizade. Não ia deixar que matassem o seu Bolívar. Com poucas provisões, remou por dias rio acima, encostando a embarcação à noite para dormir encolhido em seu vão.

Os xamãs

A muitos quilômetros dali, em Boa Vista, Roraima, o celular de Evanoel tocou na biblioteca, pois ele se esquecera de desligá-lo conforme pedia o cartaz na entrada do recinto. Sob o olhar de reprovação dos outros estudantes que se concentravam em seus livros, foi com o celular para fora e surpreendeu-se com a voz de seu tio paterno, Kaõmawë. Até onde ele sabia, o tio estava na aldeia, onde não havia sinal de telefone ou cobertura de rede, mas o homem começou a falar com tanta rapidez que ele nem teve tempo de abordar esse detalhe.

Kaõmawë disse-lhe que precisavam dele: a aldeia estava sendo amaldiçoada e os mais velhos tinham muitas perguntas a lhe fazer, pois ele conhecia bem as coisas dos brancos. O tio hesitou em oferecer detalhes, dizendo somente que precisavam resgatar informações sobre os xamãs de antigamente e sobre seus espíritos-guia. Evanoel achou tudo aquilo muito estranho, pois fazia dez anos que todos eram cristãos e pelo menos uns cinco que o último xamã da aldeia, deprimido por ter sido escorraçado por todos e chamado de diabo, morrera, sem deixar sucessor.

Como já estava na biblioteca, foi até a estante de sociologia e antropologia e procurou livros sobre seu povo, como se estivesse buscando livros de história. Folheou um de autoria de Lizot, outro de Chagnon, até que um terceiro lhe chamou a atenção: *A queda do céu: Palavras de um xamã yanomami*. Na capa, o nome de seu parente paterno, Davi Kopenawa, que havia muito vinha conversando com um antropólogo francês chamado Bruce Albert. Levou-o até o bibliotecário, registrou seu nome na ficha e saiu com o livro debaixo do braço.

Na semana seguinte, com o fim das aulas, regressou para sua aldeia com o livro já parcialmente lido e alguns curtas-metragens que havia baixado em seu computador. Estava impressionado com a sabedoria de Davi e com as tantas coisas das quais jamais ouvira falar. O que mais o encantara até então fora a descrição da dança que fazem os espíritos para os xamãs, tão lindos, enfeitados e brilhantes, como se dançassem sobre fragmentos de cristais. Depois, instalavam-se no peito do xamã, faziam ali a sua casa, saindo a cada chamado dele para dançar, ajudá-lo a ver as doenças e curá-las. Tendo sido educado pelos missionários, nunca pensara muito sobre o passado de seu povo, e a noção de tradição só surgiu para ele na voz dos professores da licenciatura intercultural e em sua demanda por "resgate". Deu-se conta, subitamente, que jamais mencionaram, naquele resgate, o contato com os espíritos, limitando-se àquela estranha demanda por números e outros tantos detalhes do mesmo tipo.

No porto esperava-o seu tio Kaõmawë, já marcado pela idade, com um caminhar lento e um pouco encurvado. Disse-lhe que a situação era grave, as águas do Catrimani, antes límpidas, estavam escuras, barrentas e fediam. O rio estava morto. A situação era inclusive mais alarmante, continuou o tio: o milho estava apodrecendo ainda verde, e muitas crianças passaram a agir estranhamente, com tremores e desmaios. As orações que fizeram nos cultos de domingo não tinham tido nenhum efeito, e o pastor dizia que as pragas tinham vindo punir os pecadores da aldeia. Alguns velhos estavam falando em feitiço, mas ninguém conhecia mais nada dos rituais antifeitiçaria.

Pouco depois, enquanto Evanoel ainda estava no porto conversando com os parentes que se aproximaram, avistaram uma pequena canoa chegando pelo rio. Dela saltou um homem corpulento, com um grande bigode. Subindo o barranco, ele caminhou até Evanoel e estendeu-lhe a mão em meio ao barulho ensurdecedor dos cachorros e das galinhas da aldeia. Apresentou-se como general Juan Martínez, da 3ª Companhia de Infantaria do Exército Nacional da Venezuela, dizendo que tinha remado por dez dias rio acima para chegar até eles. Juntos seguiram para a grande casa circular. A caminhada foi um tanto curiosa, pois enquanto todos na aldeia pareciam seguir cada passo do general, os animais se esforçavam para fugir dele, e Evanoel chegou a ver um inhambu cair morto de cima do cajueiro. Por outro lado, as formigas pareciam fascinadas e formavam quatro longas colunas, duas de cada lado do general, como soldados marchando.

Sentados em dois bancos de madeira na parte da casa onde viviam Evanoel e sua esposa, puseram-se a conversar, cercados por todos os demais habitantes. A irmã mais nova de Evanoel trouxe-lhes duas cuias com mingau de banana. Depois de um longo tempo em silêncio, o general começou a falar, agora em uma mistura de línguas, que deixou todos os presentes boquiabertos.

— Como aprendeu a nossa língua? — perguntou-lhe Evanoel.

O general respondeu que muitos anos atrás chegara àquela região com alguns homens, feridos e cansados, fugindo de guarnições inimigas. Os indígenas os carregaram até a aldeia, onde permaneceram por muitos meses, sendo tratados por dois xamãs locais. Martínez padecia de uma infecção na perna, fruto de uma bala de mosquete, que não melhorava. Em seus devaneios de febre, teve a visão de um grande guerreiro decapitado. Os dois xamãs que o tratavam reconheceram a visão como sendo de um herói de seu povo, conhecido por ser imortal. Guiado por eles, aspirando doses cada vez mais fortes do cipó *yãkoana,* desmaiando e viajando pela floresta, o general passou a ver os espíritos dançando e o convidando para ir a sua casa. Mais uma vez viu o herói, que não lhe disse muito, mas apontou para um formigueiro de tocandiras, gesticulando para que ele se deitasse sobre elas, para que o comessem e depois refizessem a sua perna doente.

Voltou para o mundo dos vivos com a coragem redobrada e em alguns dias sua perna sarou. Passaram-se duas semanas e ele voltou com seus homens para a Grã-Colômbia.

Daquele dia em diante nunca mais sentira medo: lutara em guerras, revoluções, insurgências, participara de dois golpes e três contragolpes, fora capturado, preso, julgado e condenado à morte. Fora executado três vezes: enforcado em público, fuzilado por um pelotão e jogado ao mar. Quando um sabre lhe transpassou o coração, seguiu lutando por dois dias em uma praia do Caribe. Ao todo, morrera quatro vezes. Mesmo sem ter retornado à aldeia, os espíritos nunca o abandonaram e o guiaram naquelas batalhas, dizendo onde o inimigo se encontrava e sugerindo as melhores estratégias. A cada vez que morria, eles comiam seu corpo e o refaziam.

Passaram-se muitos anos até que sonhou de novo com o herói, que dessa vez lhe pediu que voltasse, pois o descendente de um dos xamãs que o curara estava interessado em se iniciar no xamanismo, mas fazia tempo que não havia xamãs em sua aldeia. Referia-se a Evanoel. Foi então que o general fez sua tropa marchar por semanas em direção à aldeia e a deixou silenciosamente quando estava perto o bastante para seguir sozinho sem correr riscos.

Disse a Evanoel que deveriam começar o quanto antes o treinamento, pois as pragas que assolavam a aldeia só piorariam se não fizessem nada. Trazia em seu bolso um punhado de *yãkoana* e preparou um longo inalador de bambu para soprá-lo nas narinas de Evanoel, que desmaiou na hora. O general entoava canções que os demais ali presentes desconheciam completamente, enquanto passava do seu peito para o peito de Evanoel os espíritos que o acompanhavam por tantos anos.

De repente, Evanoel levantou-se e começou a dançar. Abria os braços, rodava o corpo. Os espíritos dançavam à sua frente, eram brilhantes, enfeitados com belas plumas, como no livro de Davi Kopenawa. O general não saía de seu lado, cuidando, soprando mais uma e outra vez em suas narinas.

Ficaram ali dez dias e dez noites, em meio a cantos, danças e muita *yãkoana*, para desespero do pastor, que depois de gritar o quanto pôde chamando o general de satanás, resolveu pegar suas coisas e se mudar para a aldeia do cunhado, rio acima, certo de que ganharia uma boa posição na igreja local.

Quando voltou a si após o último dia de iniciação, Evanoel reuniu todos no pátio central para dizer que os espíritos lhe mostraram a origem do mal que os assolava. Acima do rio os brancos estavam fazendo um buraco tão fundo que não era possível ver seu fim, aparentemente seguindo um veio de ouro. Pareciam guiados por espíritos malignos. A fumaça do metal que os brancos chamavam de mercúrio era a causa das doenças das pessoas e das águas.

Enquanto ele falava, viu chegar, vindo da direção do rio, um homem muito alto e magro, de ossos protuberantes, vestindo a mesma roupa militar do general. Parecia exausto e faminto. Evanoel aproximou-se dele, ofereceu-lhe mingau de banana e soprou seu corpo com tabaco. Entendendo ser um parente do general — que lançou sobre Ramírez um olhar reprovador —, levou-o a sua casa e o deitou em sua rede. A surpresa de Ramírez com tudo aquilo não foi suficiente para espantar seu sono, e ele adormeceu. Acordou algumas horas depois, assustado com um estranho sonho, em que pequenas pessoas, como que miniaturas, com feições japonesas, saíam uma a uma do bico escancarado de uma galinha morta e dançavam em torno de sua rede, sedentas por nióbio e ouro. Evanoel não conseguiu compreender do que se tratava, mas o general sim, pois já sonhara com elas saindo da boca de uma cabra em putrefação. Concluiu que eram os espíritos malignos que guiavam os garimpeiros e cumprimentou Ramírez por sua visão. Foi a primeira vez que o general dirigiu-se a ele diretamente, o que o deixou tão exultante que o fez pular da rede, esquecido do cansaço. Sua timidez e seu recato, no entanto, não permitiram que ele abraçasse o general como gostaria, e dirigiu o afeto para Evanoel, dando-lhe um forte abraço, retribuído com alegria. Evanoel gostou de Ramírez logo de cara, sobretudo agora que constatara ser ele também um sonhador. Começou a cogitar oferecer-lhe a irmã como esposa.

Foi interrompido em seus pensamentos por uma fala solene do general, ainda com o inalador na mão:

— Se puderem nos seguir até onde se encontra a minha tropa, vou ajudá-los a combater os responsáveis por liberar a fumaça do metal.

Várias canoas foram preparadas para no dia seguinte iniciar a descida do rio em direção ao acampamento militar. O general seguia na canoa da frente, e Ramírez foi convidado por Evanoel a seguir ao seu lado — ainda tinha em mente torná-lo cunhado.

Dias depois, chegaram. O acampamento parecia uma colônia de férias de adolescentes. De cueca ou nus, os soldados espalhavam-se pela beira do rio, alguns dormindo, outros jogando baralho. Ao ver o general, tentaram rapidamente se recompor, catando folhas para tapar o sexo e correndo de volta para as barracas para se vestir. Embora continuassem barbados, em alguns minutos estavam vestidos e formados. O general fez vista grossa e foi direto em suas ordens. Caminhariam juntos até o acampamento dos garimpeiros. Esperariam a noite, quando os indígenas incendiariam as casas enquanto os engenheiros da tropa colocariam explosivos nas rochas próximas e selariam o buraco do inferno para sempre.

A expedição foi um sucesso, mas na volta o general e Evanoel tiveram que soprar um a um os participantes, para que não morressem com a fumaça do metal. Foi então que o general lhes pediu um favor inusitado: ele queria morrer.

No final do dia, toda a tropa estava em círculo ao redor da casa, na qual entraram, junto com o general, cinco velhos indígenas, além de Evanoel e Ramírez. Do lado de fora, ouviram-se muitas danças e cantos. No final todos saíram, com exceção do general. Ramírez deu ordem para que colocassem fogo na casa e os soldados obedeceram. No dia seguinte, agora sob o comando de Ramírez — que prometeu a Evanoel voltar em breve —, a tropa deu início à marcha de retorno a Caracas.

Ninguém sabe o que aconteceu com o general, se ele morreu definitivamente daquela vez ou se continua por aí. Alguns dizem que foi visto no Alto Orinoco, criando porcos em uma fazenda; outros falam que foi para o Mali lutar contra milícias. Os indígenas têm notícias frequentes dele por meio dos espíritos que agora habitam o peito de Evanoel e contam que ele se encontra no Japão, combatendo fanáticos de uma estranha seita. Ramírez largou a vida militar e voltou para a aldeia, onde se casou com a irmã de Evanoel e trabalha incessantemente na roça para o cunhado xamã.

Radiofonia

O sol nasceu vermelho pungente, seguido por uma revoada de pássaros, anunciando um dia seco e quente. Despertaram ao alvorecer Jakaira, Wao Xinto e Narciso, separados por muitos quilômetros de distância. Até aquele momento, não se conheciam.

Jakaira acordou sozinho em sua esteira. Sua mulher havia descido o rio em um barco da Secretaria Especial de Saúde Indígena com suspeita de derrame, algo pouco usual para uma mulher de vinte e oito anos. Estava rígida, incapaz de enxergar ou de ouvir. Suas duas filhas seguiram com ela, a mais velha para acompanhá-la ao hospital e a mais nova para ser levada até a casa dos avós, que ficava no meio do caminho para a cidade.

A aldeia encontrava-se completamente deserta. As outras poucas famílias que moravam ali tinham ido para suas respectivas casas de roça para limpar os terrenos e preparar o solo para o plantio de milho. Jakaira, por ser o responsável pela farmácia e o operador do rádio, ficou para trás. A farmácia consistia em um balcão improvisado, duas cadeiras, uma mesa e um armário de metal trancado com cadeado, que continha algumas caixas de remédios. Sem ninguém ali, não havia muito do que cuidar. Quando sua esposa se sentiu mal, a farmácia poderia ter sido útil, caso fosse de fato um derrame e tivessem aspirina e clopidogrel, que ele mesmo poderia ter ministrado. Mas havia tempos não tinham nem um nem outro. Só chegavam para eles ampolas de soro fisiológico, antibióticos e paracetamol. Nada além disso.

Agora, toda a sua preocupação estava voltada para o rádio, ansioso por ouvir notícias de sua mulher, que a essa hora deveria estar na Casa do Índio ou no hospital regional. Entretanto, a antena vertical estava caída desde que um dos cabos se soltara na noite anterior. Acordou decidido a resolver aquele problema e, após matar a fome com um braço de macaco-prego moqueado e um punhado de farinha-d'água, tentou esticar os cabos. Percebeu então que um dos suportes antigos, fornecido pela Funai, estava muito torto e enferrujado, e sobre ele repousava uma arara-vermelha, que parecia observá-lo direto nos olhos. Antes que pudesse se aproximar, a ave voou para o horizonte. Quando a perdeu de vista, Jakaira subiu em uma árvore alta próxima e esticou o cabo em um novo sentido, levemente inclinado devido à diferença de tamanho entre a árvore e o antigo suporte. Com o auxílio de uma sandália de borracha e um rolo de nylon, fez o isolamento e esticou o cabo de mais ou menos trinta metros com um nó. Ficou contente com o seu serviço. Conferiu as conexões do alternador com o equipamento de rádio, e tudo parecia estar funcionando a contento. Olhou com carinho aquele aparelho, pensando em como era realmente robusto. Nos últimos dez anos tinha funcionado sem nenhum problema, mesmo com as brincadeiras das crianças e as chuvas fortes que entravam pelas frestas do telhado e o deixavam todo encharcado.

Um pouco antes das oito da noite, ligou o transmissor a bateria de carro e o ajustou na frequência da Casa do Índio. Esperou meia hora pelo contato, em vão. Alguma coisa estava errada com o receptor ou com a antena, pois o pessoal de lá nunca falhava nos três contatos diários com as aldeias: às 8h, 16h e 20h. Quando já se preparava para desligar o rádio para economizar a bateria, a luz vermelha do receptor acendeu e ele, em seguida, escutou.

— Piranha para Rio Negro-Ocaia. Alguém copia? Câmbio.

Jakaira nunca escutara o nome daquelas aldeias. Era uma voz carregada de sotaque, mas diferente do sotaque em português do pessoal do seu povo. Pegou o transmissor e disse: "Piranha, Panorama chamando". O silêncio se estendeu por um bom tempo. Jakaira imaginou que seu transmissor também poderia estar com problemas. Em seguida o led vermelho acendeu:

— *Tomi rain. Taraju iri pum.*

Piranha, pelo que tudo indicava, falava outra língua. Jakaira respondeu:

— Piranha, Panorama na escuta. Não te entendo, parente. Pode falar em português? Câmbio.

A conversa seguiu em português. O operador de rádio em Piranha se chamava Wao Xinto. Descobriram que moravam a muitos quilômetros de distância e, assim como Jakaira, Wao Xinto estava sozinho em sua aldeia. Ou melhor, no posto avançado, construído com o auxílio da comunidade. O pequeno acampamento, na fronteira do território, onde mantinham um rádio, tinha sido instalado para evitar a entrada de madeireiros. Normalmente ficavam ali em duplas, uma substituindo a outra a cada mês. Entretanto, seu irmão Awo, com quem fazia par, precisou retornar mais cedo para estar presente no nascimento do primeiro filho, deixando-o sozinho até o final do mês. Conversaram naquela estranha sintonização por meia hora e combinaram de se comunicar mais uma vez naquele horário no próximo dia.

No dia seguinte, Jakaira, depois de voltar de uma desafortunada pescaria ao entardecer, banhou-se no rio, preparou um fogo e moqueou a piranhazinha que pegara. Às oito da noite, ligou o transmissor. Por meia hora esperou o contato da Casa do Índio, sem sucesso. Aguardou então pela chamada de Wao Xinto, mas acabou por adormecer com o chuvisco do rádio ligado.

Sonhou que estava em uma aldeia desconhecida. Encontrava-se, junto com outros homens, do lado de fora de uma casa e ouviam lá dentro gemidos acompanhados de vozes de mulheres. Logo a porta da casa se abriu e uma velha puxou-o pelo braço. Estava escuro e ele caminhou devagar até um mosquiteiro branco, feito de um tecido opaco. Levantou devagar um dos lados e viu uma jovem mulher, com as pernas ensanguentadas, com um filhote de arara no colo, pequeno, mas já coberto de plumas avermelhadas. A velha entregou a ele uma cabaça com água e indicou que deveria lavar o sangue do bebê. Confuso, Jakaira segurou a arara com cuidado e jogou lentamente a água sobre sua cabeça e suas pequenas asas. O sangue foi escorrendo e o animal tomou a aparência humana. Ninguém, além dele, pareceu notar a transformação.

A velha mostrou-se satisfeita com o resultado e saiu da casa, logo voltando com outro homem, que cortou o cordão umbilical da criança. Nesse momento, a jovem mãe começou a gritar e por suas pernas escorreu muito sangue, que se espalhou pela casa inteira. Todos ficaram assustados. Jakaira, desesperado com o sangue que já chegava na altura do tornozelo, lembrou-se de seu curso de técnico de enfermagem, ao qual se dedicara com afinco. Sabia que um comprimido de ergotamina poderia evitar o agravamento da hemorragia. Antes mesmo que pudesse gritar o nome do remédio, viu-se deitado em uma clareira, de olhos fechados, embalado pela voz de uma mulher cantando, acompanhada de um tambor cujo ritmo ficava cada vez mais rápido. Cada estrofe que ela cantava era repetida por um coro. De repente, uma arara pousou em seu braço e ele despertou. Estava em sua rede, em casa, e reparou que tinha adormecido com o rádio ligado. A bateria estava quase no fim e precisava ser recarregada. Felizmente fazia muito sol, de modo que logo a placa solar faria o serviço.

Narciso, o psiconauta

Narciso dos Anjos Goulart acordou um pouco antes das cinco. Ainda estava escuro. Em um quarto coletivo, em que ocupava a cama do meio de um dos treliches, o homem de trinta anos levantou-se silenciosamente para não acordar os companheiros. Foi até o banheiro, lavou o rosto e as mãos e escovou os dentes com uma pasta sólida à base de argila e bicarbonato. Olhou para seu reflexo no espelho e lentamente foi passando a mão pelo rosto como que confirmando suas próprias linhas. Aos poucos, as estranhas lembranças da noite anterior foram voltando à sua mente e com elas um peculiar zumbido em seu ouvido direito, que parecia um chuvisco. Aquele era seu terceiro dia na vila Don Juan, antiga fazenda de gado a oeste de Palmas. Três anos antes havia sido doada à Associação dos Novos Xamãs, a ANX, que a transformara em uma vila agroecológica, oferecendo práticas de meditação e xamanismo em troca do trabalho dos membros e voluntários no manejo da agrofloresta.

Desde que se entendia por gente, Narciso tinha paixão pela natureza e interesse pelo ocultismo. Em seu aniversário de oito anos, os pais lhe deram de presente a trilogia Ciclo Terramar, de Ursula K. Le Guin, sobre uma escola de bruxaria. Muitas vezes adormeceu ouvindo o primeiro dos três volumes, *O feiticeiro de Terramar*, na voz de sua mãe. Aos dezenove anos, mais uma vez reprovado no vestibular para biologia, iniciou-se em uma cerimônia de ayahuasca em uma igreja do Santo-Daime no Vidigal, Rio de Janeiro, e conheceu os poderes dos enteógenos, que abriram sua percepção sobre o lado espiritual da natureza. Frequentou a União do Vegetal, Umbandaime, Barquinha, Aurora, Virgem da Luz e Haira Haira. As doutrinas das congregações não correspondiam às suas expectativas. Discípulo de Castañeda, leitor apaixonado de todos os seus livros, buscava algo mais intimista, mais xamânico, com menos santos e menos igreja.

Desde então, por dez anos dedicou-se a estudar e desvendar os labirintos da mente, enquanto concluía um curso de geografia e, depois de formado, no tempo livre de seu trabalho de meio período em um escritório de geoprocessamento. Aprofundando-se no uso de diversos enteógenos, experimentou psilocibina, DMT, GHB, NBOMe, 2C-I, 2C-B, MDMA, yopo e escopolamina. Todas as experiências engrandeciam sua percepção. Antes de passar ao outro plano, anotava meticulosamente em seu caderno a data, o horário, o nome da substância e a dose. Mais tarde passou a anotar também a fase da lua e a conjuntura astral, a dilatação das pupilas e a temperatura corporal. Cada vez mais estava seguro de que os diferentes seres do cosmos se comunicavam por seus espíritos, que tinham formas diversas e podiam vagar muito longe dos seus respectivos corpos. A realidade era muito mais do que se via a olho nu, ou mente nua, como preferia dizer.

Quando, por fim, descobriu na internet um grupo de estudos sobre Castañeda, entendeu que lhe faltava um mestre que pudesse conduzi-lo com segurança em suas viagens. Alguns dos participantes do grupo, que haviam abandonado as fardas no Santo-Daime, o convidaram para um retiro de três meses na vila Don Juan. O pagamento era simbólico, para ajudar com as passagens e as acomodações, desde que o participante se comprometesse a trabalhar nas atividades comunitárias.

A ANX era uma organização filantrópica destinada à divulgação e à preservação de tradições xamânicas. Após a inscrição, Narciso recebeu por e-mail as apostilas do primeiro módulo, que apresentavam uma introdução às práticas xamânicas nas Américas, com uma breve descrição dos diferentes povos, sua localização e seus rituais. Estudou-as com afinco e gostou, pois o texto era bastante técnico, sem aquela conversa religiosa das seitas.

Uma semana depois, saiu do Rio de Janeiro e, após uma escala de três horas em Brasília, chegou a Palmas. No aeroporto, uma van antiga o esperava, assim como os outros participantes, vindos em diferentes voos, para levá-los pelos 227 quilômetros de estrada até a pequena cidade de Lagoa da Confusão, onde ficava a fazenda. Cruzaram o rio Tocantins por uma ponte e seguiram para sudoeste, atravessando vários trechos de vegetação nativa. Na van havia o que se poderia esperar em termos de participantes de retiros xamânicos: duas mulheres de cabelos soltos que chegavam à cintura, com roupas largas e estampadas, colares e brincos de pena, que cantavam mantras cada vez que viam uma árvore de maior porte ou um animal selvagem cruzando a estrada. Ao lado delas, dois rapazes com calças também estampadas, sandálias de dedo, cabelos longos e barba, que não paravam de acariciar. Entretanto, também os acompanhava um casal de prováveis profissionais liberais — designers ou arquitetos, daria para dizer pelos trajes modernos e óculos coloridos de aro grosso —, certamente cansado das cidades.

A ecovila situava-se perto de um pequeno rio que, disseram, era afluente do Araguaia. Algumas mulheres vestidas de branco encaminharam as pessoas para os dormitórios, enquanto recolhiam e etiquetavam os celulares, colocando-os em uma grande sacola. Os dormitórios eram organizados com base nos signos, para evitar desentendimentos. No encontro anterior, tinham ocorrido diversas desavenças em um deles. Descobriram depois que, por descuido da estagiária que cuidava da seleção, tinham colocado juntos não só um ariano e um capricorniano, mas também um virginiano e um sagitariano.

Como solicitado, cada qual levou roupa de cama e toalha. Instalados, foram convidados a se dirigir ao refeitório, onde os aguardavam pessoas vestidas em tom de laranja da cabeça aos tornozelos, de pés descalços. Disseram-lhes que deixassem os sapatos na porta e se sentassem no chão, diante de compridas mesas que não chegavam à altura dos joelhos. Cada qual recebeu um prato feito de bambu contendo inhames cozidos, arroz integral, espinafre e cenoura refogados, sobre o qual fizeram uma oração silenciosa, agradecendo à mãe Terra por alimentá-los. Foram avisados de que naquela noite teriam um ritual de abertura das atividades. Deveriam se reunir na sala de ioga e meditação, onde encontrariam a xamã.

Narciso aproveitou para caminhar pela ecovila, procurando um lugar sossegado para acender seu baseado. Acabou cochilando deitado em um morrinho, enquanto observava o voo hipnotizante dos pássaros no fim de tarde. Acordou com um sino chamando para o encontro com a xamã. Na sala, todos pareciam cheios de expectativa, alguns falando muito e outros sentados em posição de lótus. Foi quando Célia adentrou a sala. Devia ter em torno de quarenta anos. Era uma mulher baixinha e magra, com uma tatuagem de lua crescente no meio da testa. Vestia uma túnica comprida e solta, cor de vinho, e trazia na cabeça um cocar enorme de penas coloridas. Carregava consigo um tambor coberto de pele curtida e um chocalho. Com uma fala suave, logo impôs um silêncio absoluto entre os participantes. Explicou que praticava o xamanismo dos lakota-sioux-yuki, indígenas norte-americanos e mexicanos, juntamente com o xamanismo dos jivaro do Peru e do Equador. Disse ter sido aluna da escola de xamanismo de Michael Harner na Califórnia por cinco anos e ter se formado com menção honrosa. Explicou-lhes que aquele primeiro ritual seria o de descoberta dos animais-guia que dali em diante os acompanhariam.

Com Célia à frente, seguiram em fila indiana por uma trilha na floresta, beirando o rio, até chegarem a uma clareira onde estava acesa uma grande fogueira. A xamã pediu que se sentassem em roda em torno da fogueira e começou a dançar, em círculos, tocando o tambor, inicialmente com um ritmo lento, que foi ficando cada vez mais acelerado. Logo começou a cantar, pedindo que todos repetissem a sua fala, como um mantra.

— Espíritos da floresta, seres de poder, venham até nós. Fadas protetoras, sábios duendes, não nos deixem sós — cantava Célia.

— Espíritos da floresta, seres de poder, venham até nós. Fadas protetoras, sábios duendes, não nos deixem sós — repetiam todos.

Narciso fixou o olhar na floresta do entorno. Do seu lado esquerdo, um rapaz de cabelo muito ruivo apresentou-se como Natan e ofereceu-lhe um cachimbo com changa. Narciso nunca tinha experimentado changa, uma versão do princípio ativo da ayahuasca, DMT, que pode ser fumado, e que, segundo explicou Natan, o levaria a experiências incríveis, em uma viagem de apenas quinze minutos. Narciso aceitou de pronto a oferta.

Sentado em posição de lótus, Narciso respirou fundo três vezes e acendeu o cachimbo com o pequeno maçarico que Natan lhe passou. O gosto amargo e um cheiro peculiar penetraram em seus pulmões. Antes que pudesse entregar o cachimbo de vidro para Natan, o horizonte desapareceu, tornando-se um grande buraco, que agora o engolia. Natan tirou o cachimbo de suas mãos segundos antes de Narciso desmaiar.

Quando voltou a abrir os olhos, encontrava-se em um píer deserto. Ao fundo via-se o mar e nas laterais, algumas lojas vazias. Pôs-se a caminhar em direção ao mar quando, de repente, começou a ouvir um ruído, que foi aumentando de intensidade até beirar o insuportável. Nesse momento sentiu que já não estava mais sozinho naquele local. Uma sensação desagradável penetrou seu corpo e, em um instante, todo o píer foi ficando vermelho. Impactado, caiu de joelhos no chão. À sua frente surgiu um ser anguloso, como um desenho de uma pessoa com peças de tangrama, todas vermelhas. Ofereceu-lhe um fruto de buriti e pediu que comesse.

Narciso mordeu o fruto e a estranha criatura pareceu satisfeita com o resultado. Tocou a cabeça de Narciso, provocando-lhe uma imediata sensação de alívio e leveza. Em seguida, o levou até a ponta do píer. Mantendo o aspecto anguloso, o ser foi lentamente tomando a forma de um pássaro, que se agachou ao seu lado abrindo as asas, como que se oferecendo para ser montado. Meio desajeitado, pois nunca tinha montado um cavalo e muito menos um pássaro, Narciso subiu em seu dorso e enganchou as pernas em seu ventre. Logo estavam voando por sobre o mar e pouco depois começaram a sobrevoar uma floresta. Notou que a vista do alto parecia muito com as imagens de satélite que usava em seu trabalho de geoprocessamento. Dali do alto, viu a si mesmo sentado em posição de lótus, mas não viu Natan.

De repente, o pássaro fez um movimento abrupto e ele caiu. Viu-se novamente no próprio corpo, em frente à fogueira. O mundo ao seu redor ainda mostrava sinais de inconsistência, que foram ficando cada vez mais brandos. Amanhecia e a fogueira estava em brasas. Seus companheiros continuavam deitados no chão, mas Célia não tocava mais o tambor. Natan estava de novo ao seu lado.

Narciso passou o resto do dia maravilhado com a experiência, muito concentrado nos detalhes de sua visão. A única coisa que o perturbava era o chuvisco em seu ouvido direito. Não o incomodava muito, mas quando se concentrava, o ruído parecia aumentar. Isso não o impediu de cuidar da plantação combinada de milho e feijão, que estava ficando exuberante, e de colher os vegetais na horta para o jantar.

Depois do banho de rio, já de volta ao dormitório, perto das oito da noite, o ruído ficou insuportável, e Narciso caminhou até um local afastado para ver se melhorava. Trinta minutos depois, passou a escutar uma voz estranha, reconhecendo apenas algumas palavras como "Panorama", "Piranha", "copia" e "câmbio". No início era uma só voz, mas passados alguns minutos duas vozes estavam conversando, em um português carregado de sotaque, dentro de sua cabeça. Querendo se livrar daquilo, entrou em uma pequena cabana construída no pátio e fechou bem a porta. As vozes ficaram um pouco falhas e de difícil compreensão, mas não se calaram. Decidiu sair novamente e passou a escutá-las de forma clara outra vez. Uma delas se chamava Jakaira e a outra Wao Xinto, e estavam conversando sobre uma mulher doente e um bebê que estava para nascer. Meia hora depois, a conversa terminou.

Aliviado, Narciso voltou para o dormitório. Lembrou-se de que deveria ter levado os florais que sua mãe separara, para que, segundo ela, ele conseguisse retornar em paz após suas viagens alucinógenas. Como terapeuta holística, que muitas vezes receitava ayahuasca e mesmo LSD para os pacientes, ela sabia que alguns deles tinham muita dificuldade em voltar a este mundo após conhecerem outros universos. Pensar em sua mãe o acalmou, e ele finalmente adormeceu, um sono sem sonhos.

Ao acordar, Narciso foi direto para a meditação matinal e ficou feliz com sua profunda concentração. Pela primeira vez conseguiu meditar por meia hora sem fixar-se em um único pensamento, flutuando ao sabor da mente. Passaram todos ao refeitório para o café da manhã e dali seguiram para o trabalho nas plantações. Ao final do dia, andando pela floresta da ecovila para fumar seu baseado, encontrou novamente Natan embaixo de uma árvore e perguntou-lhe onde estivera durante o dia, pois não o havia visto na meditação da manhã ou no refeitório. Natan sorriu em silêncio e pousou a mão direita sobre cabeça de Narciso, que então contou-lhe das vozes noturnas, o que não pareceu surpreender o amigo. As suas únicas palavras foram para convidá-lo para fumar mais uma vez a changa às oito da noite, a fim de abrir o caminho para as vozes, caso elas quisessem lhe transmitir uma mensagem.

Faltavam dez minutos para as oito quando os dois se sentaram no mesmo lugar do dia anterior na floresta, agora sozinhos, pois hoje era o dia das consultas individuais de Célia e não haveria ritual coletivo. O cachimbo estava preparado e o maçarico, em mãos. Mais uma vez Natan assegurou-lhe de que ficaria ao seu lado. Dessa vez Narciso viu-se em um descampado, rodeado por árvores e algumas casas. Parecia uma aldeia indígena deserta. Caminhou até encontrar uma casa com a porta aberta e viu um homem dormindo em frente a um rádio amador ligado, que emitia um ruído difuso, parecido com o chuvisco que andava ouvindo. Ao se aproximar do homem, toda a casa foi se dissolvendo, até que apareceu ao seu lado aquela mesma estranha criatura, uma conjunção de ângulos e losangos, que de novo lhe entregou um fruto de buriti. O ser outra vez tomou a forma de uma ave, que agora ele reconhecia claramente como uma enorme arara-vermelha. Narciso subiu em suas costas e eles voaram alto até mergulhar por entre as árvores de uma floresta. Pousaram em uma clareira. Na hora um vulto correu para a floresta. Narciso viu então um jirau e sobre ele uma espécie de miniatura de mulher, toda branca, que parecia uma boneca, embora se mexesse e esperneasse, parecendo querer se livrar do cipó que a amarrava ao jirau. Ao chegar mais perto, Narciso viu que vários gravetos pequenos atravessavam suas pernas e seus braços, certamente a causa de seus movimentos bruscos. Guiado pela arara, desamarrou o cipó e arrancou, um a um, os gravetos. A minimulher sentou-se no jirau, ajeitou o pequeno vestido e desapareceu no ar.

Copiado, parente

— Panorama, Piranha chamando. Panorama, Piranha chamando.

— Panorama na escuta. Fala, parente!

— Boa noite, parente! Consegui hoje contato com a Casa do Índio e aproveitei pra perguntar sobre a paciente da aldeia Panorama. Câmbio.

— Copiado. Pode falar, parente.

— Disseram que a tua mulher ficou boa de repente. Que as dores nas pernas e nos braços acabaram de vez. Ela voltou a ver e a falar. Copiado?

— Positivo. Positivo. Muito boa notícia, parente.

— Copiado aqui. Quer mandar algum recado pra tua mulher, parente?

— Negativo. Vou esperar ela aqui. Parente, vou aproveitar pra perguntar se o teu sobrinho já nasceu.

— Negativo, minha cunhada entrou em trabalho de parto esta manhã. Ele deve nascer de madrugada.

— Positivo. Copiado aqui, parente. Se tiver uma farmácia na tua aldeia, pede pra darem a ela um comprimido de ergotamina, pra ela não sangrar muito. Vai ajudar. Câmbio.

— Copiado, parente. Ergota o quê?

— Ergotamina.

— Ergotamina, copiado, vou passar um rádio pra aldeia. Espero que meu irmão Awo volte logo. É melhor com ele aqui, faz companhia pra caça. Até uns dias atrás tinha uma arara por aqui pra eu conversar, mas ela foi embora quando me viu pegar a espingarda pra ir atrás de um tatu.

— Positivo. Eu também não gosto de caçar sozinho. Arrisca de onça ou de anta levarem a gente pra viver com elas.

— Copiado, parente. Tem que ter cuidado mesmo. Que bom que tua mulher e tuas filhas voltam logo. Assim tu não fica sozinho aí, ainda mais com esse rádio que não pega direito. Não deixa o fogo apagar de noite, parente. É perigoso.

— Positivo. Eu deixo aceso o lampião a noite toda. A gente não brinca com bicho, não. Vou desligar aqui, parente. A bateria está quase no fim. Câmbio final.

Vila Don Juan

Narciso dormiu melhor aquela noite, embora as vozes tenham voltado a falar em sua cabeça. Agora conversavam mais, parente pra lá, parente pra cá, mas ainda meio longe, de modo que ele não entendia tudo. Pela manhã procurou Natan pela vila e mais uma vez não o encontrou. Surpreso, descobriu, ao perguntar para os outros participantes, que ninguém o conhecia. Resolveu então marcar uma consulta particular com Célia e foi falar com a sua assistente, uma mocinha com o cabelo cheio de tranças entremeadas de contas coloridas. Por sorte, Célia estava livre naquele momento e o recebeu em uma sala à luz de velas, sem nenhum móvel, mas forrada de tapetes étnicos, com fotos de homens com grandes cocares nas paredes, que pareciam ser xamãs indígenas. Em voz baixa, quase sussurrante, pediu que ele se sentasse no chão diante dela. Ele não teria entendido se não fosse o gesto apontando para a frente, pois aquela vozinha, misturada às duas vozes que tagarelavam em sua cabeça, era quase inaudível.

Célia acendeu um cigarro comprido, quase um charuto, e lançou sobre a cabeça de Narciso baforadas de fumaça. Fechou os olhos e cantou baixinho. Depois se aproximou dele e começou a passar as mãos em seus braços e pernas, parando às vezes para arrancar alguma coisa, que jogava em um pequeno caldeirão cheio de brasas que ficava ao seu lado e servia de cinzeiro. A sensação era muito gostosa, de modo que Narciso fechou os olhos e relaxou completamente. Saiu do transe com a voz de Célia, agora de todo audível.

— Conte-me sobre suas visões — ela disse.

Narciso ficou receoso em contar que tinha fumado changa, pois não sabia se os psicoativos químicos eram permitidos ali.

— Vi um ser anguloso, que depois virou um pássaro também anguloso e mais tarde uma arara-vermelha. Mas ele não conversou comigo. Me convidou a voar e me conduziu sobre o mar e depois para o interior de uma floresta, onde desamarrei uma boneca viva toda espetada com gravetos.

Célia fechou os olhos e iniciou um novo canto. Sabia que eram raros os alunos que encontravam seu animal de poder já na primeira sessão. Isso mostrava que eram predestinados ao xamanismo, nascidos já com o poder especial de se comunicar com os espíritos. Mostrou-lhe as penas de arara que acabara de retirar de seu corpo e disse-lhe que tomasse cuidado, pois alguns animais de poder agiam sorrateiramente para levar a pessoa consigo, tornando-a um ser da sua espécie. Para isso, mostravam-se muitas vezes com forma humana, buscando seduzir a pessoa.

— No nosso próximo ritual, vou me sentar ao seu lado e ficar atenta. Cuidarei de você e te ensinarei a controlar esse animal.

Soltou um pouco mais de fumaça sobre a cabeça dele e fechou os olhos, indicando antes o caminho da porta. Narciso saiu bem devagar, ainda muito assustado com aquelas informações. Resolveu que da próxima vez não fumaria a changa nem o baseado da tarde, para não correr riscos. Foi então que se deu conta de que, enquanto estava na sala com Célia, as vozes tinham se calado.

No rastro de Macunaíma

O colecionador

Reinaldo Renon Ribelo Neto, apenas Neto para os poucos amigos, tinha feições e fala sóbrias, sem adornos, excessos ou palavrões. Não tinha aparência marcante: não era bonito mas tampouco poderia ser chamado de feio. Passaria desapercebido na multidão não fosse seu olhar agudo e questionador, que chegava a causar arrepios nas pessoas que se aventuravam a cometer excessos ou desrespeitavam a norma culta da língua portuguesa em sua presença. Até completar a pequena coleção de objetos indígenas, que transformou a sua vida, viveu atormentado por uma angústia profunda, que discutia apenas com seu analista em consultas semanais, mas que transparecia de forma sutil em hábitos meticulosos, como organizar as roupas da esquerda para a direita em cabides de aço pretos, das cores escuras às claras, levando em consideração subcategorias como tecido e modelo.

Trajava, todos os dias úteis, que em sua compreensão iam de segunda-feira a sábado, uma calça jeans azul-clara *regular-fit*, tamanho 40, e camisa social, variando entre tons claros e outonais. Em celebrações, permitia-se usar camisas sociais de listras bem finas, em cores também sóbrias.

Quando saía de casa para o trabalho, pontualmente às 7h40, levava em uma mão uma xícara térmica com café cem por cento arábica de torra média, moído pouco antes de ser preparado, e na outra, um guarda-chuva longo de cabo reto, mesmo nos dias de céu claro. É óbvio que isso gerava pequenos mas contornáveis empecilhos para abrir e fechar portas no percurso até a editora que herdara do pai, Reinaldo Renon Ribelo Filho, situada a menos de um quilômetro de sua casa. Um de seus lemas era: "Procure sempre trabalhar a uma distância em que você possa sair atrasado de casa e chegar adiantado no trabalho", o que para ele equivalia a novecentos e setenta metros ou mil cento e sessenta e oito passos.

Reinaldo retornava pontualmente às 18h40. Trocava as roupas de trabalho por um conjunto de calça e camisa de malha de algodão cinza-claro e se dirigia ao terraço de sua casa de dois andares. Com o auxílio de poucos equipamentos, limitados a alguns elásticos, uma corda e uma bola grande de borracha, realizava uma das seis séries que, a cada dois meses, seu instrutor, guru, confidente e namorado lhe passava: uma mistura de ioga com crossfit apelidada de *cross-yoga*. Essa hora diária de exercícios e alongamentos específicos era o bastante para manter cada músculo do seu corpo em perfeito estado, sem nenhum excesso que pudesse dar a ele uma aparência demasiado corpulenta. Terminava o treino às 19h45, banhava-se e jantava sozinho em uma grande mesa de pau-rosa, cuidadosamente posta por Aline, sua empregada de longa data.

Antes de se sentar, escolhia o fundo musical, dependendo do menu do dia, que só descobria ao chegar à mesa. Costumava variar entre Mozart, Debussy e Wagner, seus compositores prediletos. Só aos sábados e domingos, dias de folga de Aline, mudava a rotina e pedia comida tailandesa ou vietnamita em um restaurante do centro da cidade, que invariavelmente comia ao som de um tango de Piazzolla.

Dentre as coisas que tinha construído na vida, não sentia especial orgulho dos muitos livros didáticos que editara. Eram apenas um modo de ganhar dinheiro. O que de fato o enchia de satisfação e fazia seus olhos brilharem era a sua pequena coleção, onze peças para ser preciso, que ocupava a maior parede do escritório, situado ao lado de seu quarto, no segundo andar da casa.

Por volta de 20h40, depois do jantar arrematado com um chá de hortelã, dirigia-se ao escritório com uma taça de vinho do porto e acendia as luzes, que iluminavam seu simples mas precioso acervo. Contemplá-lo, sentado em sua poltrona de couro, trazia-lhe uma tranquilidade profunda, embora incompreensível, que dissipava toda a sua angústia. Durante dois anos fora atormentado pela inexplicável necessidade de possuir aquelas peças e para consegui-las atravessara rios e cachoeiras nos mais recônditos lugares do país. Foram adquiridas com galinhas, anzóis, eletrodomésticos e, em alguns casos, dinheiro.

A primeira peça da coleção, e a única de fato valiosa, era um autêntico muiraquitã. Foi com ela, encontrada justamente em sua casa, dentro de um cofre de parede que seu falecido pai havia escondido atrás de um quadro de família, que tudo começou. Aquele pequeno objeto em forma de jacaré, esculpido em jadeíta, ficava guardado em uma vitrine fabricada com vidro balístico de duas polegadas, em destaque na parede da sala voltada para o poente, de modo que, por volta das cinco horas da tarde, no inverno, um raio de luz incidia exatamente na peça, dando-lhe um brilho mágico.

Logo que encontrou o objeto, ainda sem ter certeza do que se tratava, mostrou-o a um amigo de colégio, agora professor de arqueologia da Universidade de São Paulo, a USP, em um café no centro da cidade. Quando ele viu a peça, rapidamente a reconheceu como um muiraquitã. Seu amigo sorriu depois de ouvir a história do objeto, elogiou a qualidade da peça, olhou para Reinaldo e, sem razão aparente, chamou-o de devorador de homens.

Reinaldo sentiu-se pouco à vontade com o comentário e lançou ao amigo um de seus famosos olhares desconcertantes. Embora fosse aberto e resolvido com sua homossexualidade, de forma alguma tinha um comportamento sexual que poderia ser considerado lascivo.

— Não se ofenda, Neto! Deixe-me explicar. Isso é realmente curioso. Você já leu *Macunaíma*, do Mário de Andrade?

— Sim, faz muito tempo, na nossa época do colégio, mas não me lembro de quase nada.

— Quem fica com o talismã do herói sem nenhum caráter é Venceslau Pietro Pietra, conhecido como "o devorador de homens". Na verdade, ele foi perdido pelo herói em uma praia de rio, engolido por uma tracajá e vendido pelo mariscador, que encontrou o animal, para um regatão peruano, justamente o tal Venceslau Pietro Pietra. No final, o muiraquitã vai parar em São Paulo. Mas as coincidências não param por aí. Sabe onde esse Venceslau morava? Em uma casa na rua Maranhão, justamente a sua rua!

— Você acha que eu moro na casa do Mário de Andrade?

— Impossível! O escritor viveu praticamente a vida toda na rua Aurora. Mas a casa em que ele se inspirou ao retratar São Paulo ficava bem no início da sua rua, ao lado daquela enorme árvore na frente de um muro gradeado.

O amigo partiu deixando-o ainda mais confuso. Enquanto bebia o seu segundo expresso duplo, refletiu sobre a origem daquele objeto que o perturbava cada vez mais. Nunca ouvira, de seu falecido pai ou de seu avô, Reinaldo Renon Ribelo, que construíra aquela casa, qualquer menção a Mário de Andrade ou a *Macunaíma*. Nenhum dos dois tampouco demonstrara interesse em objetos arqueológicos e muito menos em arte indígena. Os únicos nomes indígenas que circulavam por aquela casa eram os de lugares da cidade, como Ibirapuera, Itaquera, Anhangabaú, Tietê e sobretudo o do estádio do Pacaembu, onde iam ver jogos de futebol.

Mas tudo se tornou especial em relação àquele pequeno objeto. O encontro com o muiraquitã mudou a vida de Reinaldo, ou melhor, levou-o a um sonho que deu uma guinada no rumo dos acontecimentos. Dois meses após a descoberta do objeto, quando ainda dormia com ele em sua cabeceira, sonhou que estava em uma floresta cerrada, completamente nu, salvo pelo relógio. Caminhava por entre as árvores, tendo a impressão de estar sendo perseguido, sem saber bem a razão. Decidiu correr o mais rápido que pôde, até que seus pés e mãos se tornaram cascos, e ele passou a galopar a quatro patas. Logo, já não estava na floresta, mas em uma pista de areia circular, e todos o aplaudiam. Em uma grande tela aparecia o número 2. Acordou sobressaltado em sua cama. Sem conseguir pegar de novo no sono, passou o resto da noite no terraço, com a cabeça perdida em pensamentos, até avistar a alvorada na cidade de São Paulo. Os seus muitos anos de análise levaram-no à conclusão de que a perseguição estava relacionada com as dívidas crescentes que ameaçavam fechar sua editora. No entanto, tinha uma sensação de que havia ali algo mais. Ao folhear distraidamente o jornal à mesa do café preparada por Aline, teve um sobressalto quando leu uma matéria sobre o Grande Prêmio Brasil, na qual constava, na lista dos competidores, um cavalo de número 2, chamado Macunaíma.

O rompante de ir ao banco e retirar boa parte de suas economias em dinheiro, que vinha usando para manter a editora, foi a atitude menos sóbria de toda a sua vida. Durante a corrida daquela tarde, sentado na tribuna de honra, segurava o café em uma mão e, na outra, apertava o muiraquitã. Quase não conseguia respirar enquanto via Macunaíma correr os mil novecentos e noventa e três metros na pista de areia e chegar em primeiro lugar.

O prêmio que ganhou foi suficiente para pagar todas as dívidas da editora e renovar os equipamentos. Aproveitou também para reformar sua casa, que desde a construção, em 1908, nunca passara por uma reforma estrutural. Reinaldo realizou seu desejo secreto de cobrir o assoalho com cimento queimado e retirar o antigo papel de parede, deixando por fim a casa com um aspecto sóbrio, pelo qual tanto ansiava. Entretanto, a reforma não foi suficiente para apaziguar sua angústia. Em vão reorganizou toda a mobília e as roupas para que se adequassem às novas paredes e ao novo assoalho. Um novo e estranho desconforto passou a atormentar seus dias e noites, como se estivesse no meio de um quebra-cabeça inacabado.

Seu analista, de formação freudiana, incapaz, em suas sessões regulares, de ajudá-lo a esclarecer a origem daquele sentimento, decidiu, vencido, recorrer à arteterapia. Em seu consultório, pediu que Reinaldo desenhasse, ao som da *Sinfonietta* de Janáček, o que lhe viesse à cabeça. O resultado foi, no mínimo, surpreendente. Ele desenhou um homem nu, sem pelos, com um relógio no pulso esquerdo e, na mão direita, um chocalho desproporcionalmente grande e repleto de detalhes. O resto do papel estava coberto de linhas que se cruzavam e se ramificavam como veias. Enquanto o analista questionava-se sobre problemas relacionados à primeira infância, sexo e família, Reinaldo olhava, incrédulo, e um tanto quanto menos angustiado, para o autorretrato.

Aos poucos abandonou o analista de quase uma vida inteira e adotou o hábito de, após o jantar, desenhar na varanda, onde instalou um cavalete com um grande bloco de papel e deixou à disposição diversos lápis pretos e coloridos. Enquanto a representação de seu corpo manteve-se sóbria, com poucas linhas e detalhes, sempre com um relógio, os objetos que esboçava se tornavam cada vez mais realistas e coloridos. As linhas que continuavam a cobrir o resto da folha, cada vez mais convolutas, eram então pintadas de azul. Naquele primeiro desenho, no qual ele segurava um belo chocalho, escreveu Paraty-Mirim-RJ, sem ter a menor noção do porquê. Ao comparar as linhas que havia traçado com o mapa da região, percebeu que coincidiam e que ele havia, como em um transe, desenhado o próprio mapa. No dia seguinte, após telefonar à editora para explicar sua ausência, arrumou uma pequena mala, pendurou o muiraquitã no pescoço com um fio de couro e dirigiu até Paraty-Mirim em seu Corolla Etios azul-marinho.

Quatro horas depois, na estrada que passava ao lado de uma aldeia indígena, parou para examinar as bancas que expunham artesanato local, procurando um chocalho parecido com aquele do desenho, enfeitado com entalhes que retratavam três pequenos inhambus. Já decepcionado, mostrou o desenho para um dos vendedores, que afirmou ter visto um chocalho parecido na casa de rezas da aldeia. Pediu-lhe que esperasse ali até que ele conversasse com o pajé, seu avô, para saber se o chocalho poderia ser vendido. Depois de esperar por mais de duas horas sentado à beira da estrada, Reinaldo viu o rapaz aproximar-se na companhia de um velho, que trazia na mão um chocalho que ele chamava de maracá. Ao examiná-lo, os olhos de Reinaldo encheram-se de lágrimas: lá estavam os três inhambus! A negociação foi difícil, pois o homem não falava português e parecia não querer se desfazer do chocalho por pouco. Acabaram por fechar negócio em troca de uma antena parabólica.

Ao longo de dois anos Reinaldo alternou o trabalho na editora com as viagens para adquirir os objetos que apareciam em seus desenhos, sempre circundados por mapas que precisavam a região onde devia procurá-los: aldeias indígenas situadas nos rios Purus, Juruá, Ouro Preto, Negro-Ocaia, Vaupés e Catrimani. A mais estranha indicação fora aquela da cidade de São Luís, no Maranhão, onde deveria conseguir um quadro de um pintor indígena do século XIX.

Em todas as viagens, levava o muiraquitã consigo, pois tinha certeza de que o pequeno objeto era o responsável pelos transes artísticos que o conduziram às viagens. Desde a conversa com o amigo arqueólogo, Reinaldo leu e releu diversas vezes *Macunaíma*, que se tornara o seu livro de cabeceira. Passou a sair de casa para o trabalho dez minutos antes, alterando a sua rota para passar em frente à frondosa árvore da rua, que, no livro, pertencia à casa de Venceslau, também conhecido como gigante Piaimã. Era de fato uma árvore muito bonita, com quase vinte metros de altura. Mas a casa não estava mais lá, pois dera lugar a um prédio neoclássico na década de 1970, para desgosto dos modernistas.

Ao completar sua coleção, viveu o ano mais tranquilo de sua vida. Passou a vestir camisas de listras coloridas mesmo em dias úteis e, nos sábados de calor, uma bermuda. Seus poucos amigos comentaram que Reinaldo estava estranho e pela primeira vez, desde que o conheceram, parecia feliz. Certo dia de verão, molhou-se completamente no caminho para a editora, pois esquecera o guarda-chuva. E, em vez de voltar para buscá-lo, deleitou-se com a deliciosa sensação de caminhar na chuva. Durante uma das fortes tempestades daquele verão, Reinaldo sonhou que estava dentro de uma canoa, descendo um rio de águas negras, debaixo de uma chuva torrencial. O volume do rio foi subindo e, aos poucos, árvores começaram a descer na correnteza. De perto se via que elas estavam cobertas de pequenos jacarés.

Quando acordou daquele sonho tão vívido, soube que alguma coisa estava errada. A angústia, que o abandonara havia mais de um ano, parecia ter voltado e tentava dilacerá-lo. Antes mesmo de moer o café, foi checar a coleção: seu muiraquitã não estava mais lá! Pensou logo ter sido vítima de um roubo, mas antes de qualquer conclusão precipitada saiu de casa com o guarda-chuva e caminhou até a árvore de Mário de Andrade. Ela havia rachado no meio com a tempestade, interditando boa parte da rua. Paralisado, contemplou seus restos até que os bombeiros, uma hora depois, obrigaram-no a se afastar do local para que pudessem iniciar a limpeza.

Quando voltou para casa, resolveu desenhar no terraço, na tentativa de se acalmar, mas o papel continuou em branco. Decidiu que precisava parar um pouco e pensar. Sentou-se à mesa e Aline lhe serviu o segundo café do dia, agora acompanhado de torradas e geleia de laranja, que ela mesma fizera. Lembrando-se da sua sessão de análise de anos antes, colocou a *Sinfonietta* de Janáček para tocar e mergulhou na música. Mais uma vez as conexões apareceram em sua mente de maneira cristalina. No livro, o muiraquitã sai da floresta e chega a São Paulo. Macunaíma vai buscá-lo e o leva de volta para a floresta, mas o perde de novo em um rio. O mais provável, concluiu Reinaldo, é que tenha vindo parar mais uma vez em São Paulo, nas mãos de seu avô, que o escondeu no cofre. Macunaíma já revivera duas vezes antes de ir para o céu, de modo que não seria improvável que tivesse descido à terra em busca de seu amuleto. Aproveitando a correnteza, levou-o de volta para a floresta enquanto Reinaldo dormia.

Resolveu agir. Abriu a caderneta telefônica e ligou para a agência de turismo especializada, de que lançava mão para suas viagens exóticas em busca de objetos indígenas. Duas horas depois, a campainha tocou. Parado à porta estava um rapaz em seus vinte e cinco anos, muito bem-vestido e educado, que se desculpava pela demora, alegando que a tempestade daquela noite havia deixado a cidade intransitável e algumas linhas de metrô sem funcionar. Reinaldo explicou-lhe detalhadamente seus planos. Queria visitar um povo das proximidades do monte Roraima, no extremo norte do Brasil, pois, segundo as referências bibliográficas indicadas por seu amigo arqueólogo, Macunaíma fazia parte de seus mitos. De acordo com os livros, fora naquela região que o explorador alemão Koch-Grünberg tinha coletado o mito que servira a Mário de Andrade como base para a sua obra de ficção.

O rapaz anotou os detalhes com cuidado no celular, pediu-lhe o prazo de uma semana e, ao sair, telefonou para todos os nomes de sua agenda eletrônica, que não eram poucos, em busca de um antropólogo que tivesse contatos com indígenas da região e que pudesse acompanhar o cliente. Foi quando chegou ao nome de uma moça que acabara de concluir o mestrado na USP sobre um desses povos.

Valéria recebeu o convite com um misto de surpresa e interesse, pois estava desempregada havia seis meses. Mesmo vendo com desconfiança a visita turística de um celibatário colecionador de arte a um povo indígena, sabia que não poderia recusar a quantia considerável que tinham lhe oferecido por quinze dias de permanência em campo. Era mais do que a soma de quatro meses da bolsa de estudos que a sustentara até então. Além disso, estava segura de que ele seria bem-vindo entre os indígenas, pois parecia inofensivo e disposto a pagar bem pelo que queria.

Marcaram uma reunião na sede da agência de turismo, com a presença de Reinaldo. Surpreendentemente, foi um encontro agradável, e Valéria sentiu uma imediata simpatia por aquele homem magro, que falava com tanta paixão sobre a arte indígena. A viagem foi marcada para dali a quinze dias, e Reinaldo convidou-a para visitar sua casa, para conhecer sua coleção.

Valéria chegou na manhã do dia seguinte e foi recebida à porta por Reinaldo, que trajava uma roupa casual, em tons sóbrios. Tomaram um café agradável na varanda, com bolo de laranja, madeleines e chá preto defumado com açúcar e creme. Em seguida dirigiram-se ao escritório do segundo andar. Assim que as luzes das vitrines se acenderam, Valéria teve que disfarçar sua decepção pela trivialidade dos objetos. Apesar de bonitas, eram peças comuns, com valor etnográfico, mas não museológico.

Foi então que os seus olhos pousaram na foto do muiraquitã, que Reinaldo colocara no lugar do objeto perdido, o que a fez achar tudo mais estranho ainda. Sem ousar perguntar o que uma foto fazia ali em meio aos objetos, Valéria quis mostrar um pouco de conhecimento e contou a Reinaldo sobre a importância do muiraquitã no circuito de trocas da região das Guianas do passado, esclarecendo, no entanto, que entre o povo com o qual ela trabalhara ninguém jamais havia visto um muiraquitã e que o objeto não fazia nem mesmo parte de seus mitos e histórias. Por fim, Valéria perguntou-lhe o porquê daquela foto em meio aos objetos. Reinaldo contou que perdera recentemente aquele objeto e pretendia buscá-lo em Roraima. Mesmo considerando a resposta estranha, pois não existiam muiraquitãs naquela região, Valéria preferiu não questionar o objetivo do chefe da expedição. Precisava do dinheiro.

Para a viagem, Reinaldo encheu uma grande sacola náutica impermeável com roupas casuais, sobretudo calças de malha de algodão, do tipo que usava para a *crossyoga*. Embora conhecesse o calor insuportável da floresta, levou poucas camisetas de manga curta, optando por camisas de tecido de algodão grosso, que o protegeriam contra os mosquitos. Comprou dois novos pares de botas de couro impermeáveis e três pares de meias de algodão já embebidas em repelente de insetos, que mandou vir dos Estados Unidos. À parte, encheu uma mala grande com trinta camisas do Flamengo, vinte do Corinthians, trinta de times diversos, vinte relógios, quinze óculos escuros, trinta linhas de pesca e centenas de anzóis, além de dois iPhones 8 e um tablet Samsung, para o caso de negociantes mais exigentes. Aprendera, em suas experiências anteriores, que era mais fácil comprar os objetos com presentes do que com dinheiro.

O profeta do Alto Mazaruni

— Sabe quem desceu o rio essa manhã em direção à cidade? — indagou Josélio deitado na rede, na soleira de sua porta.

— Quem, cunhado? — perguntou Geraldo, que voltava da floresta com um macaco-aranha nas costas e carregando uma espingarda.

— O primo da minha mulher, Antenor.

— Aquele baixinho, de cabelos compridos com um nariz esquisito, que mora rio acima? — perguntou Geraldo, apoiando a espingarda na soleira da porta e deitando o macaco no chão.

— Venha, cunhado, pode entrar. Toma aqui o caxiri. Da última vez que eu vi o Antenor, faz mais de ano. Ele estava nervoso, dizendo que Deus falava com ele nos sonhos, mas ele não conseguia escutar direito, porque a voz era baixinha, vinda de muito longe. Disse que ia subir o monte Roraima e ficar lá até escutar direito as palavras de Deus. Ele foi sempre um pouco esquisito, mas dessa vez estava determinado.

— Achei que ele tinha fugido da aldeia depois de ter feito sexo com a Januzia e de o marido dela ter jurado ele de morte. Ou foi porque o Waldisnei da Funai escreveu o nome dele em uma bala depois que o Antenor roubou os dois bujões de gás dele? Mas afinal, o que ele disse hoje?

— Pouca coisa. Na verdade, ele estava remando em uma canoa sozinho, rio abaixo. Ia até a cidade, pois queria falar com os brancos, os *karaiwas*. Disse que voltaria essa semana com mais novidades.

Antenor tinha a pele muito escura, bem mais do que a de seus irmãos, os finados Maatape e Jiguê. Era conhecido por ser esperto e muito bom de conversa, de modo que sempre conseguia tudo o que queria, inclusive a mulher dos outros. Seus cabelos eram bem compridos, pois não gostava de cortá-los. Quando criança, pegou um frio tão forte nas orelhas, que ficou surdo por muitos meses. Ficara surdo também nos sonhos, até que uma noite ouviu uma voz que falava algo que ele não compreendia. Daí em diante, por dias, todas as noites ouvia a mesma voz, incompreensível. Nesse período resolveu entrar para a Igreja evangélica e repetia para os missionários as palavras que ouvia, pois, embora não as compreendesse, sabia reproduzi-las. Os missionários pareceram entender o significado, pois logo começaram a dizer que eram palavras do demônio e a pedir que os fiéis orassem por ele. As vozes não pararam.

Duas semanas depois de Antenor ter descido o rio em sua canoa, Josélio e Geraldo estavam pescando quando o viram chegando, vindo da direção da cidade, não mais sozinho, mas em um barco seguido de outros. Eram pelo menos quarenta pessoas, entre indígenas e *karaiwas*. Antenor vinha todo vestido de verde, com o braço apontado para o porto da aldeia, para onde os barcos se encaminhavam. Deles começaram a sair não só pessoas, mas muitas e muitas coisas. Josélio e Geraldo interromperam a pescaria e subiram o rio em direção ao porto, onde uma pequena multidão se aglomerava ao redor de uma árvore, de onde Antenor discursava. Exposta ao seu lado estava uma miríade de objetos, desde televisões e celulares até roupas e pilhas de jornais e revistas estrangeiros.

— Irmãos, finalmente pude escutar a voz de Deus! Ele apareceu para mim no alto da pedra e me ofereceu suas verdadeiras palavras, aquelas que escondeu dos *karaiwas* por todo esse tempo. Ele me deu um novo nome, Jesuíno, e disse que só eu sou seu verdadeiro filho. Jesus, para quem os *karaiwas* rezam em suas igrejas, é filho adotado, veio do sêmen de um homem e do útero de uma mulher. Só eu sou filho do seu sêmen. E para provar me deu todas essas riquezas que vocês veem aí. E mais, muito mais virá depois que fundarmos uma aldeia só para aqueles que ouvirem as suas verdadeiras palavras. Agora, por fim, seremos nós os donos das coisas que os *karaiwas* dizem que são deles, mas que foram roubadas de nós.

— Jesuíno! — exclamaram os que vieram nos barcos.

— Jesuíno, filho de Deus, nós te escutamos! — gritaram todos.

Josélio e Geraldo olharam-se, segurando a linhada com piabas e jejus.

— Não sei como esse povo ainda acredita nas coisas do Antenor! Ele vai enrolar eles todos mais uma vez — disse Josélio.

— Concordo, cunhado. Mas onde será que ele arrumou essas coisas todas se não tinha dinheiro quando saiu daqui? Será que foram brindes dos políticos de Boa Vista? Está chegando o tempo das eleições e eles querem agradar. Se bem que até hoje só vi darem chaveiros, bonés e bombons. Agora deram para agradar o povo com televisão e celular? Devem estar roubando muito para arrumar esse dinheiro todo ou então o Antenor agora se superou com sua conversa mole.

— Vamos, cunhado, assar esses peixes.

Comeram os peixes com farinha na casa do sogro de Geraldo, onde, da janela, podiam ver a aglomeração ao redor de Antenor. Quando ele terminou de falar, todos o seguiram nos barcos, carregando os eletrodomésticos, telefones e, com muito cuidado, os jornais e revistas. Ali estavam escritas as verdadeiras palavras de Deus, dissera-lhes Jesuíno. Aquilo era a verdadeira Bíblia, escrita para eles, na língua de Deus. Os barcos desapareceram rio acima.

Duas semanas depois, quando Josélio estava em uma árvore tentando pegar um filhote de papagaio enquanto a mãe tentava bicá-lo, Geraldo gritou do chão.

— Cunhado, estou ouvindo um barulho de motor, você consegue ver daí de cima quem está chegando? Não é barulho de rabeta, parece um motor de 15 HP.

— Não estou vendo, mas pelo som deve estar perto. Pera aí, está dobrando o rio, é uma lancha com três pessoas. Parecem *karaiwas*. Vou descer.

Josélio e Geraldo, assim como boa parte da aldeia, dirigiram-se até o porto para ver quem estava chegando. Os dois cunhados e uma dúzia de crianças ficaram embaixo da sombra de um cajá, enquanto de longe a lancha se aproximava.

— Cunhado — comentou Geraldo —, aquela ali na frente não é aquela moça branca que trabalhou aqui no ano passado? Qual era o nome dela? Regina?

— Regina não, Valéria. Era lá de São Paulo. Um daqueles homens deve ser o marido dela.

— Será? Mas não engravidou, olha os peitos, continuam pequenos. Olha! Ela está acenando pra gente, é a Valéria mesmo! Vamos lá falar com ela.

— Valéria! Há quanto tempo! Achei que você não vinha mais visitar seus parentes! Rádio? Não recebemos rádio nenhum, a antena caiu e ninguém arrumou. Estamos sem sinal já vai fazer um ano. Seus amigos? Muito prazer, Reinaldo! Sou Josélio e esse aqui do meu lado, mais calado, é o Geraldo, meu cunhado. Fala pouco mesmo. Você é o marido da Valéria? Ah, achei que você tinha vindo para apresentar o seu marido! Uma pena, mas você é uma moça bonita, está cheio de homens aqui na aldeia que querem se casar com você. É só querer! Vamos descarregar essas coisas! Vamos levar vocês para a casa do professor, que está vazia.

Josélio e Geraldo ajudaram Valéria, Reinaldo e o barqueiro a descarregar o barco e levar as malas e os mantimentos até a casa do antigo professor da escola da aldeia. Como sempre acontecia em suas estadias na floresta, Reinaldo sentia-se extremamente desconfortável ao hospedar-se nessas casas improvisadas. Não era nem a falta de uma boa cama e de um banheiro privativo o que mais o incomodava, mas a poluição visual: cartazes coloridos de políticos misturavam-se a calendários da igreja com versículos bíblicos e fotos de família que tinham invariavelmente como fundo uma paisagem suíça, de preferência com neve. Enlouquecia de vontade de arrancar aquilo tudo e pintar as paredes de madeira em um tom bem natural e sóbrio, um marrom-acastanhado, talvez.

Acabara de amarrar a sua rede e instalar o mosquiteiro quando Josélio chegou para convidá-los para um caxiri em sua casa. Todos aceitaram, embora Reinaldo tenha hesitado, pois sua vontade era fazer um lanche e aliviar-se em algum banheiro coletivo, ou mesmo no mato, se fosse o caso (disso, de fato, desgostava). Entretanto, como sabia que qualquer transação exigiria uma boa dose de conversa jogada fora, achou melhor acompanhá-los para conhecer os moradores.

Valéria e Reinaldo, sentados na varanda, começaram a explicar a razão de sua visita: o muiraquitã perdido de Reinaldo.

— Muirá o quê? — perguntou Geraldo.

— Muiraquitã — corrigiu Josélio. — Conheço não. O quê? Uma pedra? Pedra tem muita por aqui, tem até uma montanha, lá tem muita pedra.

— Monte Roraima — acrescentou Geraldo.

— Um dos mais altos do mundo — continuou Josélio. — Lá tem muita pedra. Deve até ter uma com esse nome esquisito. Verde? Deve ser musgo. Se tiver uma foto, pode ajudar. Não costumo olhar muito para pedra, mas pode ser que a gente tenha visto.

— Eu costumo olhar bastante pro chão quando estou no mato — pontuou Geraldo —, para não pisar em cobra nem em espinho. Vejo muita pedra, pode ser que já tenha visto.

— Essa é a foto? Foto bonita. Parece um filhote de jacaré, né, Geraldo? Não me é estranha essa pedra. Ela não é assim grande como na foto, né? Menor? Tipo do tamanho do dedão do pé? Hum... Geraldo, essa não é a pedra que o Antenor estava usando no beiço?

— Agora que você falou, cunhado, é muito parecida; se não for igual, é irmã gêmea. Mas agora ele não tá mais aqui pra gente ver se é a mesma pedra.

— Pra onde ele foi? Seguiu com um bando de gente. Ele começou a falar umas coisas esquisitas desde que desceu do monte Roraima e juntou muita gente com ele. Antigamente ele enrolava só o pessoal daqui, mas agora tem um monte de *karaiwas* junto. Ele tá falando que é Jesuíno, o filho verdadeiro de Deus. Na última vez, vimos eles saírem daqui rumo à floresta. Faz umas quatro luas. Disseram que iam fundar a Nova Belém. Parece que estão bem. Uns rapazes vieram buscar umas mandiocas aqui na aldeia, porque a deles ainda não nasceu. Acho que estão fazendo roça grande lá. Faz uns dias que apareceram uns *karaiwas* aqui perguntando por ele, queriam prender ou matar ele, não sei. Ele pegou um dinheiro emprestado no banco em nome de vários parentes, muito dinheiro, abriram uma empresa, para a compra de gado, BNDES eu acho, muito, muito dinheiro. Te conto isso, Valéria, porque você também é parente, a gente confia, pros *karaiwas* a gente disse que ele morreu afogado, até mostramos a cova dele ali. É cova de gente não, é de cachorro, mas fedia tanto que eles nem quiseram olhar.

O muiraquitã

Geraldo se ofereceu para levar Valéria e Reinaldo até Nova Belém e foi prontamente gratificado com duas dúzias de anzóis e uma caixa de balas .22. Reinaldo sabia agradar a seus informantes sem ostentar seus presentes, o que poderia rapidamente causar uma superinflação na aldeia. Quando esteve no Alto Purus, em busca de uma esteira desenhada, sua generosidade inicial fez com que o objeto passasse de um dia para o outro de cinquenta para quinhentos reais.

Ao chegarem a Nova Belém, depois de um dia subindo o rio, viram uma casa em construção em frente a um descampado, no qual restara somente uma grande árvore. Um rapaz veio recebê-los. Depois de saber o que os trazia ali, disse que o filho de Deus tinha ido para a floresta e voltaria em breve.

No final da tarde uma criança correu até eles dizendo que Jesuíno, o filho de Deus, estava chegando pela trilha da floresta. Quando viu Reinaldo, Jesuíno esticou o braço direito em sua direção e disse:

— Compadre Venceslau! O senhor chegou! A última vez que nos vimos foi em São Paulo, lembra? Tava bom aquele balanço, né? Até que o senhor caiu na panela de macarrão! Não me canso de rir até hoje.

Mesmo aborrecido por ter sido mais uma vez chamado de Venceslau, Reinaldo achou melhor não interromper o profeta, pois não podia desgrudar o olhar do muiraquitã que Jesuíno usava atravessado no lábio inferior. Não podia ser outro, era igual ao seu. A mesma cor, a mesma forma, o mesmo brilho na luz. Tinha ficado tanto tempo segurando aquele objeto, olhando para ele, que era como parte do seu corpo, conhecia cada pedacinho.

Notando o interesse de Reinaldo, Jesuíno falou:

— Gostou da minha pedra, compadre? Fiquei muito tempo procurando por ela, achei que dessa vez tinha perdido de verdade. Faz três anos que você tirou ela de dentro daquele tatu de aço. Depois ficou fácil pra mim, compadre, foi só esperar o rio encher, que eu desci do céu com a minha canoa, remei até a sua casa e peguei a minha pedra. Na volta eu quebrei a árvore pra você não me seguir, mas você é esperto, tá aprendendo comigo, e acabou me achando. Mas não tem negócio dessa vez, o lugar dela agora é aqui, comigo. Preciso dela para mudar a vida do povo escolhido. É por meio dela que Deus fala comigo. Ele me disse que em duas luas vai chegar aqui um avião cheio de mercadorias e máquinas, de todos os tipos. Vamos fazer uma fábrica de banana-passa, abrir uma loja de celular e ganhar muito dinheiro. Foi isso que o meu pai falou pela pedra. Você já tá cheio de dinheiro e agora é a vez da pedra ser minha. Não vai levar, não.

Conversaram longamente, e Jesuíno manteve-se irredutível. Não iria dar nem vender o muiraquitã para ele, nem por dinheiro, ouro ou celular. Isso tudo ia chegar já, já. Não precisava mais.

Pela primeira vez em tantas negociações com indígenas, Reinaldo não soube o que fazer. Antes de tudo, estava impressionado por aquilo que o homem falara sobre ele e o muiraquitã. Teriam os seus sonhos consecutivos sido mensagens divinas? Ele sabia que aquela pedra tinha mudado a sua vida, mas como aquele homem poderia saber que ele ganhara muito dinheiro depois de encontrá-la? E por que o chamara de Venceslau, associando-o ao destino do personagem morto como molho de macarronada, se certamente não conhecia o livro de Mário de Andrade?

Com o cair da noite, convidaram-no para armar a sua rede na nova casa e ofereceram-lhe uma cuia de caxiri, que quase o fez vomitar, de tão azeda. Quando parecia que todos iam dormir, Jesuíno foi até a sua rede e o convidou para uma cerimônia em que cantavam os hinos que aprendera diretamente de Deus. A noite estava bonita, estrelada, e os cantos eram ao ar livre. As horas passavam e os indígenas não pareciam se cansar, talvez estimulados pela grande quantidade de caxiri que bebiam a cada novo hino. Reinaldo encantou-se pelas melodias, embora não entendesse nada do que diziam. Por fim, deitou-se na esteira que lhe deram para se sentar e adormeceu.

Acordou com o nascer do dia. Na árvore à sua frente, viu Jesuíno cercado pelo povo. Ao aproximar-se, notou que ele segurava uma revista *Time* surrada, que lia em voz alta, embora o que falasse não parecesse em nada com inglês. Volta e meia parava de ler e traduzia o texto para as pessoas, que o ouviam com atenção, referindo-se à revista como "a verdadeira Bíblia".

Ao ver Reinaldo, novamente o chamou para perto de si. Quando as pessoas se dispersaram, Jesuíno convidou Reinaldo para a casa onde vivia sozinho e fez uma proposta:

— Compadre! Sei que gosta muito dessa pedra e resolvi fazer negócio. Se quiser muito ela, muito mesmo, vai me mandar, lá de Boa Vista, um avião cheio de mercadorias. Manda entregar em Nova Belém e diz que foi o profeta Jesuíno que mandou. Assina aqui neste papel o seu nome que eu depois assino o meu, aí nós vamos ter um contrato certinho, tudo combinado. Espera só uns dias porque vou atrás de uma pedra verde pra esculpir um outro jacarezinho pra ficar pra mim.

Reinaldo custou a acreditar no que ouvira. Mesmo sem saber como conseguiria encher um avião com mercadorias para enviar, aceitou de pronto a proposta de Jesuíno, com o peito transbordando de alegria. Voltou para a casa onde se hospedaram rio abaixo, deitou-se na rede e ligou seu MP3 em uma sonata de Debussy. Naqueles três dias de espera, só saiu de casa para se banhar no rio e usar o mato para as suas necessidades. O barqueiro preparava e levava suas refeições até a rede. Só lhe fazia enorme falta o café fresco, cem por cento arábica, moído na hora. Nas primeiras viagens, recusava-se a beber qualquer café que lhe oferecessem, mas depois de alguns dias acabava aceitando até Nescafé adoçado com garapa.

Em um final de tarde, voltando do rio, viu Jesuíno se aproximar. Seu coração bateu forte. Jesuíno parou diante dele e lhe entregou o muiraquitã. Naquele instante o tempo parou para Reinaldo, e seu corpo se encheu da paz e da tranquilidade que lhe faziam tanta falta. Foi então que arregalou os olhos ao ver que Jesuíno tinha nos lábios uma escultura tão parecida com o seu muiraquitã que Reinaldo ficou em dúvida sobre qual era o original. Jesuíno lhe assegurou que lhe entregara o muiraquitã falante, que podia confiar nele. Quando os outros homens se aproximaram para ouvir a conversa, Reinaldo notou espantado que todos eles carregavam um muiraquitã no lábio inferior. Todos pareciam idênticos, o que lhe causou certa vertigem.

Desconfiado daquilo tudo, mas sem ter o que fazer, Reinaldo decidiu retornar para casa. Ao embarcar na lancha, foi obrigado a esperar quase uma hora por Valéria, que andava de casa em casa para ver se alguém lhe vendia um muiraquitã. Comprou o seu por três galinhas, amarrou-o em uma linha de nylon e pendurou no pescoço, imitando Reinaldo, que se sentia cada vez mais desconfortável.

O alívio que sentiu ao chegar em casa depois dessa viagem extenuante foi enorme. Tudo estava em silêncio, pois seu namorado estava na academia onde trabalhava como personal. Ah, as cores sóbrias das paredes, sua cama de molas ensacadas, seu banheiro forrado de azulejos brancos e a grande banheira de louça! Largou a sacola náutica na sala e, antes mesmo de tomar banho, preparou seu café. Bebeu cada gole com os olhos fechados, sentindo uma onda de prazer apenas comparável àquela de ser enlaçado pelo professor de *crossyoga* no meio da noite.

Só então foi ao segundo andar e acendeu a luz do escritório; seus olhos marearam ao ver novamente a sua pequena coleção. Resolveu tomar um banho e descansar um pouco, com o muiraquitã no pescoço. Acordou sobressaltado, mas constatou que o muiraquitã continuava lá.

No dia seguinte, Reinaldo acordou tarde, depois de uma noite de amor com o namorado. Em vez de ir à editora, entretanto, resolveu retomar seus desenhos no terraço ao som de

Janáček. Não demorou muito para que suas mãos começassem a trabalhar agilmente. Era a pedra verdadeira, como lhe dissera Jesuíno. Só que agora não desenhava, mas escrevia, linhas e linhas de uma história que não sabia de onde tinha vindo. E toda tarde fazia o mesmo, passando de uma história à outra. Foi então que se deu conta de que cada uma falava de um dos povos que visitara em busca de seus objetos.

Amanhecia em Nova Belém quando viram aproximar-se da pista de pouso recém-aberta um avião que, logo constataram, estava cheio de mercadorias a serem entregues a Jesuíno, o filho de Deus. Todos correram para a pista. Tinha de tudo lá dentro, desde televisões e antenas parabólicas até celulares, roupas e comida. Mas o que mais havia eram livros e revistas, todos em língua estrangeira. Jesuíno caminhou tranquilamente, dizendo ter sonhado que aquele seria o dia da chegada das mercadorias. Distribuiu-as entre todos, guardando para si um celular e um tablet, de que precisava para aprimorar sua comunicação com Deus. Para cada um deu um livro, explicando que eram Bíblias, cada qual com uma parte da escritura, e que deviam guardar com muito cuidado.

Na semana seguinte, Reinaldo recebeu um telefonema de seu contador perguntando-lhe se ele havia recentemente aberto uma empresa de processamento de banana em Roraima. Pelo menos, era o número de seu CPF que constava no registro. Reinaldo pensou em Jesuíno e no papel em branco que inocentemente assinara para ele, na emoção da hora. Jesuíno naquele momento também pensou em Reinaldo. Sua pedra lhe dava notícias dele. Estava sempre em casa, escrevendo seus sonhos. Ia fazer um livro, disse-lhe a pedra certa noite.

Agradecimentos

Agradecemos a Temis e Hélio Vilaça, nosso começo. Aos nossos primeiros leitores: André Vilaça Guerra, Breno Gomes, Beth Conklin, Bia Albernaz (em memória), Caio Lobato, Carlos Fausto, Daniel Willmer, Laura Lobato-Baars, Marcelo Moura Silva, Mateus Lana, Miranda Zoppi, Rafel Mendes Jr., Stephen Hugh-Jones e Virgínia Amaral. À revista Cult, pelo acolhimento inicial.

Grafia atualizada segundo o Acordo Ortográfico da Língua Portuguesa de 1990, que entrou em vigor no Brasil em 2009.

capa
Paula Carvalho
obra de capa
Gê Viana
tratamento de imagens
Carlos Mesquita
preparação
Erika Nogueira Vieira
revisão
Karina Okamoto
Ana Maria Barbosa

1ª reimpressão, 2025

Dados Internacionais de Catalogação na Publicação (CIP)

Vilaça, Aparecida (1958-)
Ficções amazônicas / Aparecida Vilaça, Francisco Vilaça Gaspar ; ilustrações Paloma Ronai. — 1. ed. — São Paulo : Todavia, 2022.

ISBN 978-65-5692-306-2

1. Literatura brasileira. 2. Contos. 3. Ficção contemporânea. 4. Indígenas. I. Gaspar, Francisco Vilaça (1990-). II. Ronai, Paloma. III. Título.

CDD B869.3

Índice para catálogo sistemático:
1. Literatura brasileira : Contos B869.3

Bruna Heller — Bibliotecária — CRB 10/2348

todavia
Rua Luís Anhaia, 44
05433.020 São Paulo SP
T. 55 11. 3094 0500
www.todavialivros.com.br

fonte
Register*
papel
Avena 80 g/m²
impressão
Forma Certa